JN037064

コワ×モテ皇帝陛下と華麗なる政略結婚のススメ!

一目⇔惚れは蜜愛の始まり

小出みき

Illustration

Ciel

蜜猫

MitsuNeko

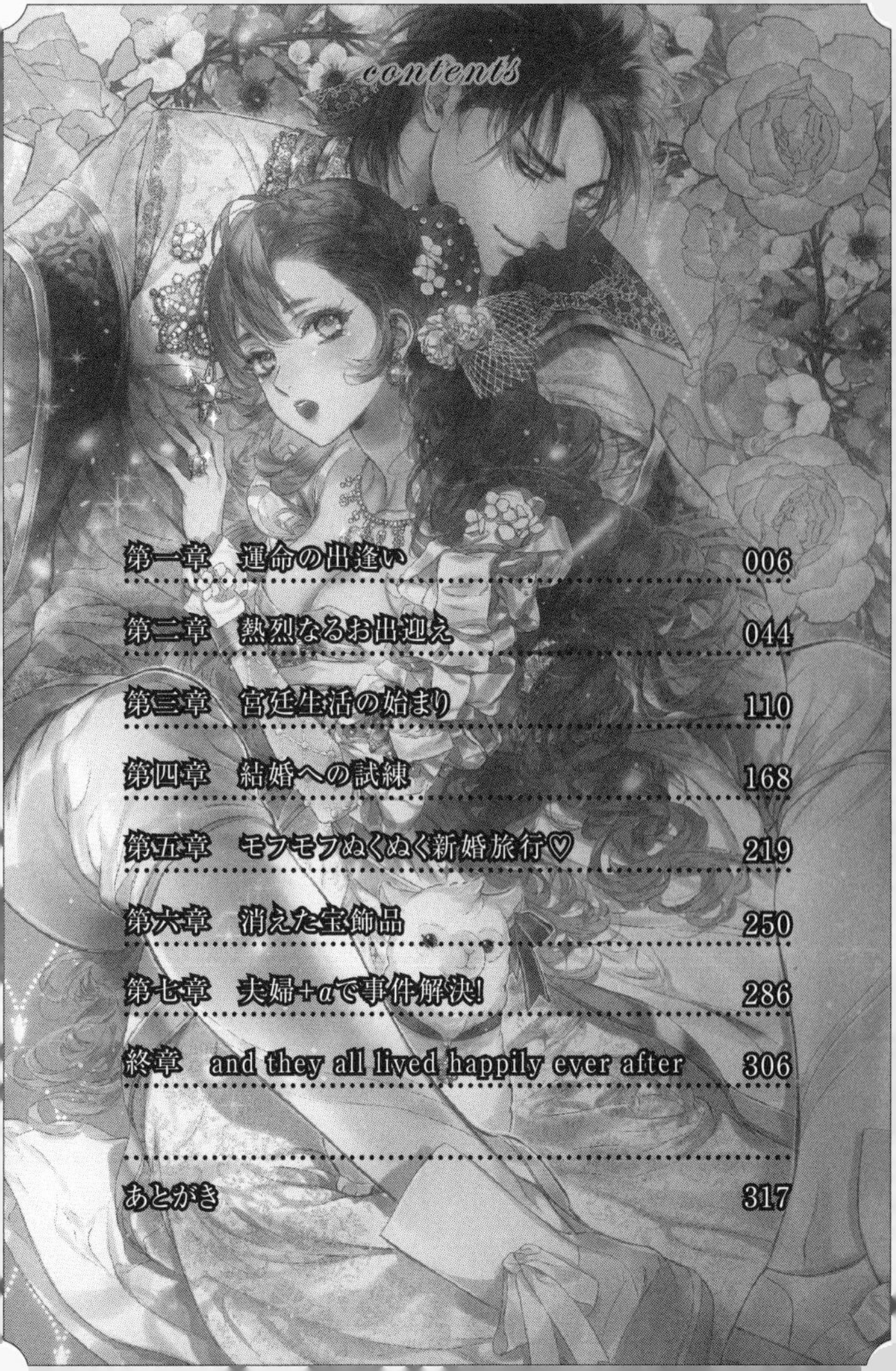

contents

イラスト／Ｃｉｅｌ

コワ×モテ皇帝陛下と華麗なる政略結婚のススメ！

一目⇕惚れは蜜愛の始まり

第一章　運命の出逢い

(——来るんじゃなかったわ!)

ドレスの裾をからげて走りながら、オリエッタは激しく憤っていた。

侍女のヴァンダがていねいに巻いてくれた深みのある赤茶色《アガット》の髪が、居心地悪そうに背中で跳ねる。お気に入りの薔薇《ばら》色のリボンがひらひらなびき、ついにするりとほどけて宙を舞った。

それにも気付かず、淑女にあるまじき歩幅で歩廊《ほろう》を駆け抜ける。

珊瑚色《コーラルピンク》の愛らしい唇をむすっとひん曲げ、くっきりした眉と蜂蜜色《ハニーイエロー》の瞳を吊《つ》り上《あ》げて突っ走る姿は、それでも育ちの良さを感じさせた。

身にまとうドレスは水色を基調にほどよく赤でアクセントを加え、令嬢らしい清楚《せいそ》さの中にも持ち前の闊達《かったつ》さが覗《のぞ》く。

(ああ、もうっ!　人生初の舞踏会だったのに!)

指折り数え、ワクワク待っていた社交界デビュー。素敵な旦那様候補を見つけようと、親友のアメリアやルチアアと盛り上がっていたのが台無しだ。

アネモス王国では、上流階級の子女は十八歳をもって成人と見做《みな》され、正式に社交界にお目見えする。そのために開かれるのが新人舞踏会《デビュタント・バル》だ。

社交界の花形とされる令夫人たちが持ち回りで主催し、今年はボンディ侯爵夫人の担当だ。

舞い込んだ招待状でそれを知り、ちょっとだけイヤな予感がしたものの、夫人はいい人だから大丈夫だろう……と思いなおして参加の返事を出したのだが。

えてしてイヤな予感に限ってよく当たるもの。開始早々、オリエッタは侯爵家の三男坊ロメロに絡まれてしまった。

以前から、目をつけられているような気はしていた。成人前でも参加できる昼間の社交で、ロメロは何かにつけてオリエッタに話しかけ、気を惹《ひ》こうとした。最初のときに失礼にならぬよう礼儀正しく応じたのを、脈ありと見做されてしまったらしい。全然好みじゃないのに！

侯爵子息とはいえ三男であるロメロには財産がない。アネモス王国では親の遺産は跡取りである長男が一括相続する規定だ。

今は両親とも健在で、とりわけ母親が末っ子に甘いため小遣いは潤沢だが、代替わりすればそうはいかない。その前に、高額の持参金を見込める花嫁を見つけねば、というわけだ。

オリエッタの父・ニコラは爵位こそ持たないが、王国でも一、二を争う富裕な大商人。一人娘のオリエッタは両親からもふたりの兄からも可愛《かわい》がられているため、結婚するとなれば莫大《ばくだい》な持参金がつけられるであろうことは想像に難くない。

さらにニコラは国王のご学友で、今でも親しい間柄だ。その愛娘《まなむすめ》を妻にすれば王宮でも鼻が高いと踏んだのだろう。

最初は長兄のディーノが側についていてくれたのだが、集団舞踏《カドリール》が終わる頃には完全にはぐれてしまい、どこにいるのかわからなくなっていた。

とにかく人が多くて広間はぎゅうぎゅうだ。新人舞踏会といっても新人だけが招かれるわけではない。基本的にお披露目《ひろめ》の会なので、上流階級と見做される人々には招待状が行っている。舞踏会が盛況であるほど社交界でのランクも上がるため主催者は招待状を書きまくる。新人舞踏会の招待を断る人はあまりいない。よって混雑度合いは通常の舞踏会の比ではないのだ。

両親は商工会議所の晩餐《ばんさん》会と重なったため、そちらに行っている。次兄のマヌエレはあいにくの風邪で寝込んでいた。

頼りの長兄は人込みに呑《の》み込《こ》まれて行方知れず。どこかで奥様がたや令嬢がたに取り囲まれて身動き取れなくなっている可能性も大。目元涼しい美形の兄は、未婚既婚を問わず社交界の女性たちにやたらと人気があるのだ。

(……ま、お兄様もそろそろお嫁さんをもらっていい頃合いだしね)

新人《デビュタント》の間に結婚相手を見つけちゃおう！　なんて親友と盛り上がりはしても、実際には『誰か素敵な人はいないかしら』くらいなもので、オリエッタは気楽に構えていた。

焦らずに、ゆっくりじっくり慎重に選びなさい、と両親からも言われている。

ピンと来る人がいなければ、両親が精選した相手と交際してみるのもいいだろう。

もちろん、期待する気持ちはある。初めての舞踏会で颯爽《さっそう》とした貴公子と巡り合い、互いに一目《ひとめ》惚《ぼ》れで恋に落ちて結婚……なんて流れになったら、すっごくドラマチック！

想像しただけでワクワクしちゃう〜！

……などと、恋に恋するお年頃のオリエッタであったわけだが。実際には、颯爽とは真逆のにやけ男に付きまとわれる仕儀となってしまった。

確かにロメロは醜男ではない。まぁ、そこそこ美男子と言ってさしつかえはないだろう。だが、家族の男性は父を含めてみな美男子なので、目が肥えてしまったオリエッタにはふつうにしか見えない。むしろ口許《くちもと》に締まりのないぶん平均以下だ。

だが、面と向かって『わたし、あなたのようなにやけた人は嫌いです』と言ってしまったのは失敗だった。母親に甘やかされて自尊心が肥大したロメロは激怒した。

平民のくせに生意気な……とか、下手に出ていれば付け上がりやがって……などと低声で凄《すご》まれ、手首をむんずと掴《つか》んで人気のない廊下に連れ出された。

引きずられる間に悲鳴を上げればよかったのかもしれないが、騒ぎを起こしてはまずいと良識が働き、なんとか自力で振りほどこうと躍起《やっき》になっているうちに広間から出てしまっていた。

そこで無理やり唇を奪われそうになり、無我夢中で拳を振り回すと、これが見事にロメロの鼻に命中。

怯《ひる》んだところをさらに全力で突き飛ばし、全速力で駆けだした。動転のあまり広間と反対方向に走り出してしまったことに気付いたのは後ろからわめき声が追いかけてきてからだった。

裕福な侯爵家の屋敷は広い上に、いくつもの建物が繋《つな》がってやたらと入り組んでいる。焦って走るうちに、さらに広間から離れてしまった。

客がここまで来るとは想定していないのだろう。灯も間遠で薄暗い。焦りが高じて足がもつれ、あっと思ったときにはすでに転んでいた。

「きゃっ……」

思わず悲鳴を上げると、それを聞きつけたロメロが角から飛び出してきた。運動不足か、ハァハァ喘《あえ》ぎながら額の汗をぬぐう。

「手間をかけさせやがって……。頭に来たぞ、こうなったら今すぐモノにしてやるっ」

焦るほどに靴が滑って立ち上がれない。這《は》うような格好でジタバタしていると、ドレスの裾を掴んで強引に引き寄せられた。

「きゃあっ、いやっ」

「安心しろ、責任はちゃんと取ってやる」

鼻の穴を昂奮《こうふん》に広げ、あさましいにやけ面が迫ってくる。

こうなったら頭突きしてやるっと覚悟を決めた瞬間。

「――――無体はやめろ。みっともない」

ぶっきらぼうな声音に、ロメロの情けない悲鳴が重なる。

自由になった身体を慌てて反転させて見上げると、空中でロメロが足をばたつかせていた。

ぽかんと見上げるオリエッタの視界に、ロメロの襟首を掴む大柄な人影が映る。灯が遠いのではっきりしないが、見たことのない人物であることは確かだった。

尻餅をついた格好で見上げているせいもあるのだろうが、巨人のように大きく見えた。しかし今のオリエッタにはそれが怖いというよりひどく頼もしく思えた。

後ろから襟を掴んでぶら下げられているので、首が締めつけられたロメロは悲鳴を上げられずにもがいている。見知らぬ偉丈夫はフンと鼻息をつき、ゴミでも投げるかのようにぽいっとロメロを投げ捨てた。

「ぎゃふ!」

尾骶骨《びていこつ》を強打したのか、苦悶《くもん》の声を上げて大理石の床でのたうち回りながらロメロは憎々しげに偉丈夫を見上げた。よく見ると、彼は盛大に鼻血を垂らしていた。激怒してオリエッタを追いかけてきたのはこのせいもあったかもしれない。

「お、おまえら、こっ……こんなことをして、ただで済むと思うなよ⁉　ぼ、僕を誰だと思ってるんだ……っ」

「ボンディ侯爵の三男だな。名前はあいにく失念した」

あっさりと偉丈夫は言い放った。

「アネモス王国は文化大国と聞いていたが……侯爵令息がこのような無体を働くようでは怪しいものだな」

「なんだとっ」

プライドだけは一人前なロメロは鼻血をぬぐいながら憤然と立ち上がったが、改めて相手の体躯《たいく》のよさに気付いてたじろいだ。ロメロより優に頭ひとつぶん高い。すらりとしているのが自慢のロメロだったが、こうして対峙《たいじ》すれば貧相にしか見えなかった。

分が悪いと悟ったロメロは悔し紛れに舌打ちした。

「ふ、ふんっ！　お上りさんのド田舎者なんぞ、相手にしてられるか。少しばかりカネがあるだけの思い上がった平民女もな！」

見苦しい捨《す》て台詞《ぜりふ》を吐いてロメロはよろよろと立ち去った。呆気《あっけ》に取られて座り込んだままのオリエッタに、男が手を差し出す。

「大丈夫か？」

「──は、はい」

我に返ってオリエッタは差し出された手をおずおずと掴んだ。

(……大きな手)

がっしりとして揺るぎない、包み込まれるような手が、軽々とオリエッタを引き起こした。ふわっと身体が浮き上がるような感覚に目を瞠《みは》る。

手が離れると惜しいような気持ちが生まれ、オリエッタは頬《ほほ》を染めた。胸がドキドキして落ち着かない。だが、悪い気分ではない。むしろ、もっとドキドキしたいような気さえする。

「どこか痛む箇所はないか？　足首を捻《ひね》ったりは？」

「だ、大丈夫……です！」

薄暗がりで顔立ちも判然としない相手をボーッと見上げていたオリエッタは、急いで足の具合を確かめて頷《うなず》いた。

「よし。……ところで、もしやこれはご令嬢のものではないか？」

そう言って差し出されたのは薔薇色のサテンのリボンだ。染めが美しい絹のリボンは父が扱う交易品で、一目見て気に入って一巻ねだった。

オリエッタはドキドキしながら髪に手をやった。

「あ……。わたしの、もの……みたいです」

「よければ結んでさしあげよう。うまくできるかわからないが」

「お、お願いします」

「ここだと暗いな」

彼は歩廊を見回した。ふたりがいるのはちょうど灯と灯の中間地点だ。

「広間は……あっちか」

呟《つぶや》いた男に促され、広間に近いほうの灯の下へ行く。

後ろ向きになってリボンを結び直してもらう間、胸のドキドキは収まるどころか高まる一方だった。

（変ね……。いくら全速力で走ったといっても、そろそろ収まっていい頃合いよ）

ただ立っているだけで、怖いわけでもないのに。

「……ふむ。こんなものか？　ロープの結び方なら色々と知っているが、女性のリボンを結んだことは初めてでな。蝶々《ちょうちょう》結びしかできんが」

「大丈夫です、ありが――」

振り向いて礼を述べようとしたオリエッタは、初めて救い主の顔をはっきりと目にして言葉を失った。

壁から突き出すように設置された枝つき燭台《しょくだい》で、三本の蠟燭《ろうそく》が夜風に炎を揺らめかせている。その灯を受けて、精悍《せいかん》な美丈夫が凝《じ》っとオリエッタを見つめていた。

彫りの深い、引き締まった顔立ち。男らしい直線的な眉の下から、切れ長の怜悧《れいり》なまなざしがこちらに向けられている。

（まぁ……。なんて凛々《りり》しいお目許《めもと》……！）

うっとり見つめていると、男は我に返ったように目を泳がせ、ごほんと咳払《せきばら》いした。

「あー……。すまん」

「えっ……？　なぜ謝るのですか？」

面食らって目をぱちくりさせると男は申し訳なさそうに眉尻を下げた。

「睨《にら》んだわけではないのだ。悪く思わないでくれ」

「えっ？　睨んだのですか」

「いや、だから睨んだわけでは……」

困惑顔で頭を掻《か》く男に妙にときめきを感じ、オリエッタは熱心に相手を観察した。

髪は黒い。よく見かける焦げ茶色ではなく漆黒だ。蠟燭の灯を反射して美しく艶《つや》めいている。瞳の色も黒……いいえ、青だわ。濃紺……群青色かしら。

端整な顔立ちだが、野性味というのだろうか、力強さが漲《みなぎ》っている。かといってギラギラしているわけではなく、引き締まって毅然《きぜん》とした品格が漂う。

背は非常に高く、二メートル近くありそうだ。オリエッタの顔が胸どころか胃の辺りに来る。長く見上げていると首が疲れそうな身長差である。

オリエッタは素晴らしい天井画でも見上げるような気分で目の前の美丈夫を見上げていた。そのうっとりした目付きにはさすがに気付いたようで、彼は落ち着かなげに身じろいだ。

「……怖がっているのではない……ようだな」

「はい。見とれてます」

正直に答えると彼は眉根を寄せた。その表情にまたまた胸がときめいてしまう。

「あっ！　今、睨みましたね？　素敵です！」

「いや、睨んではいない。……というか、素敵ってなんだ？」

「もちろん、あなた様のお目目ですわ」

「……目付きが怖いと妹に泣かれたことが何度もあるのだが」

「怖くなんかありません！　とっても凛々しくて素敵です」

にっこり笑うと、当惑に目を瞬いた男が苦笑した。

「変わったご令嬢だな」

「あ、お礼が途中でした。助けていただき、ありがとうございます。申し遅れました、オリエッタ・デルミです」

ドレスの裾を摘まんで腰をかがめると、男もまた胸に手を当てて会釈した。身頃に精緻な銀の刺繍《ししゆう》が施《ほどこ》されたジュストコールが、とてもよく似合っている。

「何事もなくてよかった。私はクリ――」

急に男が言葉を切り、オリエッタは首を傾《かし》げた。

「クリ？」

変わったお名前――。

（あ、外国の方なんだわ。確かさっき、アネモス王国は文化大国と聞いていた……とか仰《おつしや》っていたもの）

「ク、クリスだ。姓は……すまん、今は伏せたい。だが！　けっして怪しいものではない」

懸命に力説する姿がなんだか可愛く思えて、オリエッタはますます胸をときめかせた。

「怪しいなんて思いませんわ。助けていただきましたもの……。本音を言えばお聞きしたいのはやまやまなのですけど、ご迷惑をおかけしてはいけないのでがまんします」

「迷惑とは？」

「さっきの……」

「ああ、侯爵の馬鹿息子か。心配ない。自分の分が悪いことくらいは、いくら甘ったれでも察しは付くだろうし、私もこの国にそう長居はしない」

「そうなのですか……」

がっかり、とオリエッタは肩を落とした。

（せっかく素敵な人と知り合えたと思ったのに……）

そんなオリエッタの様子を見て、急にクリスはそわそわしはじめた。

「いつまでもこんな人気のないところにいてはいけないな。広間に戻ろう。送っていく」

もっと話したかったが、薄暗いところに男性とふたりきりでいるところを誰かに見られたりしては確かに体裁が悪い。

自分が新人《デビュタント》であることや、兄のエスコートで来たがはぐれてしまったことなどをぽつぽつ喋《しゃべ》っているうちに、広間の喧騒《けんそう》がどんどん近づいてくる。

思い切ってオリエッタは誘ってみた。

「あの！　よかったら一緒にダンスを……」

「すまないが、人目に立つわけにはいかんのだ」

心底申し訳なさそうに、しかしきっぱりと断られてしまう。

「そ、そうですか……」

「けっして、ご令嬢とダンスをするのがいやだというわけではないぞ！」

「はい……。あの、でしたらせめて、名前で呼んでいただけませんか……？」

いきなり沈黙されたので、オリエッタは先ほど名乗ったばかりなのに失念されたものと悲しくなった。だが、次の瞬間、ぽそりと呟く声がした。

「オリエッタ」

「は、はいっ」

勢い込むあまり挙手までしてしまって顔を赤らめる。気のせいか、クリスの顔も若干紅潮したような気がするが、オリエッタよりは浅黒い肌色のため勘違いかもしれない。

「…………いい、名前だ」

「あ、ありがとうございます。ク、クリス、も……素敵、です……」

「痛み入る」

こそばゆいような沈黙が続き、オリエッタは焦った。

（ど、どうしよう。このままお別れなんてイヤ）

もう一度、どこかで会えないかしら？　家に遊びに来ていただくとか……。

そうだ、都合のよいことに父のニコラは大商人なので自前の商館がある。商館には種々雑多な人々が出入りして当然だし、外国人も珍しくない。上客をもてなすための宿泊施設もある。父に事情を打ち明ければ、喜んで最上級の部屋を提供してくれるはず！

「オリエッタ嬢。もしよければ――」

「はいっ、ぜひ！」

浮かれた空想のまま叫んだオリエッタは、相手の当惑顔を見て我に返った。

「――す、すみませんっ」

「いや……。その、よければ、もう少し……話でも、と思ったのだが……」

「は、はい」

羞恥に頬を染めながら、示されたベンチに向かう。

それは美しく整備された中庭を鑑賞するためのものらしいが、背もたれが高く作られていて、オリエッタは頭の先がちょっと出るくらいだ。クリスは上背があるので完全に頭が出てしまうが。

中庭には篝火《かがりび》が焚《た》かれ、適度な明るさがある。

「オリエッタ嬢は新人《デビュタント》だったな？」

「はい」

「アネモス王国の上流階級では、社交界に出る前にすでに婚約者が決まっている令嬢も多いと聞くが……」

「それは貴族の習慣ですね。わたしは爵位を持たない商人の娘ですから」

「よかった」

「はぃ？」

「いや！　なんでもない。貴族は何かと不自由だと思ってな」

焦り気味に言葉を継いだクリスが、ごほんと咳払いをする。

オリエッタは気を取り直して頷いた。

「そうですね。家格の釣り合う者同士で親が決めるんですが、単なる口約束というか……もともとは結婚できるくらいまで無事に成長することを願って、という一種のおまじないみたいなものだったらしいです。昔は赤ちゃんのうちに亡くなる人が多かったので」

「なるほど」

「今では社交界デビューと前後して解消されることも珍しくありません。舞踏会や晩餐会などの集まりで相手を探すほうが多いです」

「貴女《あなた》も？」

「ええ、まぁ……」

ポッと頬を染めてオリエッタは頷いた。

いい人がいれば、とは思ってはいたが、まさかこんな素敵な人にいきなり出会うとは。

(やっぱり来てよかったんだわ)

「で、誰か気になる相手は……いたのか?」

「はいっ」

高揚した気分で頷くと、何故《なぜ》かクリスはショックを受けた様子でオリエッタを見つめた。

「そ……そうなのか……」

「わたしの目の前にいらっしゃいます」

ぽかんとしたクリスは忙《せわ》しなく左右を見回し、おそるおそる自分を指さした。

「……もしかして私のことか?」

「もしかしなくても貴男《あなた》ですわ」

「それは、その……こ、光栄だ……」

今度こそはっきりとクリスは顔を赤らめ、眩《まぶ》しそうにオリエッタを見た。

「あ。ひょっとしてこのようなことを面と向かって口にするのは、はしたないことだったでしょうか?」

「いや、そんなことはない」

「よかった……。わたし、発言が率直すぎると家族からよく注意されるんです。さっきも、ロメロ卿《きょう》に『あなたのようなにやけた人は嫌いです』って言ってしまって」

目を瞠ったクリスが笑いだす。

「ははっ、それは確かに率直すぎたな」

「しつこくされて、うんざりしてたものだから、つい」

「それで追い回されたか」

「無理やりキスされそうになったので暴れたら、偶然、拳が鼻に当たってしまったんです。本当に偶然ですよ。狙ったわけじゃありません」

力説するオリエッタに、苦笑しながらクリスは頷いた。

「派手に鼻血を垂らしていたのはそういうわけか。いや、それは完全に奴《やつ》のほうが悪い。気にすることはない」

オリエッタはホッとした。ロメロが気にするぶんには一向にかまわないが、乱暴者だとクリスに呆《あき》れられたらちょっと――いや、ものすごく悲しい。

「……クリス様は？」

「ん？」

「どなたか、気になる方は……」

おそるおそる尋ねると、彼は憂鬱《ゆううつ》げに溜《た》め息《いき》をついた。

「それが、たまたま目が合った令嬢たちがことごとく青ざめて卒倒しそうになってな……」

「クリス様があまりに格好よかったからですね！」

「……いや、完全に怯《おび》えた顔だったぞ。このままでは悪目立ちすると思って広間を出た。そうしたら廊下にリボンが落ちていて――」

何気なく拾うと何やら穏やかではない物音が聞こえてきた。もしや盗賊でも押し入ったのでは、と思って見に行くと、まさにロメロが倒れたオリエッタのドレスに手をかけたところで。

「おかげで助かりましたけど……クリス様と目が合っただけで怯えるなんて信じられないわ。襟首掴まれてぶら下げられたロメロ卿ならともかく。こんなに凛々しくて素敵な方ですのに」

心底不思議でたまらず、オリエッタは首を傾げてクリスを見つめた。まじまじと見返したクリスが、困ったような、半面どこか嬉《うれ》しそうな笑顔になる。

オリエッタはきゅんとしてしまった。

（やっぱり素敵……）

まったく見る目のない人ばかりなんだから、と憤慨《ふんがい》する。でもそのほうがよかったかもしれない。クリスの魅力に気付く人がいなかったからこそ、こうして知り合えたのだ。

「――そうだな。気になる令嬢は……私の目の前にいるようだ」

まじめくさった顔で告げられ、一瞬ぽかんとしたオリエッタはかーっと赤くなった。

「も、もしかして……わたしのこと……で、しょうか……!?」

「もしかしなくても貴女だ」

同じ言葉を返され、嬉しさと照れくささで熱をおびた頬にそわそわと手を当てる。

「本当に……？」

「ああ」

力強く頷き、クリスはまっすぐにオリエッタを見つめた。熱い視線に、まさに心臓を射抜かれた気分だ。気がつくと、両手を彼の大きな掌《てのひら》で包まれていた。

「オリエッタ嬢。出会ったばかりでこのような申し込みをするのははなはだ不躾《ぶしつけ》とは思うが、言わずにはいられない。……私の妻になってもらえないだろうか」

「は……はいっ！　なります……！」

一瞬のためらいもなくオリエッタは頷いた。だが、感動のあまり声が震えてしまったのを、別の意味に取られたらしい。クリスは不安そうに眉をひそめた。

「……脅しているわけではないのだぞ？　もしもいやなら正直に――」

「いやなわけありません！　嬉しすぎて声が震えてしまっただけです」

握られた手をぎゅっと握り返すと、クリスはホッとした笑顔になった。その凛々しくもどこか朴訥《ぼくとつ》な笑顔に、またもや惚れ直してしまう。

「わたし、クリス様の妻になりたいです。でも……本当にわたしでよろしいのでしょうか？　クリス様は、どこかの貴族でいらっしゃるとお見受けしたのですが」

「ああ、まぁな」

「お国でどなたかお待ちなのでは……？」

今さら思い付いて不安になる。クリスは大きくかぶりを振った。

「そのような相手はいない。実を言えば、アネモス王国へは結婚相手を探しに来た」

「まぁ、そうでしたか」

「我が国は……少々ゴタゴタ続きでな。かつては優れた芸術文化を誇ったものだが……気がつけば土木や軍事方面ばかり発達して、芸術面ではすっかり停滞してしまっていた」

クリスは嘆かわしげに溜め息をついた。

「アネモス王国は西側諸大陸でも屈指の文化大国。見る目を持った上流階級の女性を妻に迎えれば、文化復興の端緒《たんしょ》になるのでは……と思い付いた。しかし、妻とは生涯連れ添うことになるのだから、仲良くしたい。いくら身分が高く、目利きであっても、気が合わなければ互いに苦しむことになる」

「それで、わざわざご自分で探しに……？」

「周囲を説得してどうにか都合をつけたが長く留守にはできない。機会は一度きり。これという女性が見つからなければ結婚相手の選択は家臣に任せる、と誓わされた。それで、なるべく多くの未婚女性が集まりそうな大規模かつそれなりの身分の人々が集まる舞踏会を選んだ」

「そうですね、新人舞踏会《デビュタント・バル》には新人以外の未婚女性も参加しますし、社交界の花形夫人による招待制ですから」

オリエッタは頷いた。

当然ながら、全員が新人のうちに結婚相手を見つけるとは限らない。経済的な余裕さえあれば、二、三年は独身生活を楽しみながら、家格と性格が合う相手をじっくり見定めてもかまわないのだ。

オリエッタも気持ちは半々だった。

「だが、幸運にも私は見つけることができた。理想的な結婚相手を」

「わたしもです……!」

ふたりは互いの手を握りしめ、うっとり見つめ合った。

「私個人としては、気が合う相手であれば身分は問わないのだが、こ──いや、当主としてはそうもいかなくてな」

「わかります。当然ですよね。……やはり平民だと問題でしょうか」

「いや、この舞踏会に招かれているということは、爵位はなくても上流人士と認められているということだろう。確か、姓はデルミだったな?」

「はい。父はデルミ商会の当主です」

「やはりそうか。デルミ商会はアネモス王国でも屈指の交易商、王宮御用達《ごようたし》でもあり、様々な文物を扱っていると聞く。その息女ともなれば、むしろ大貴族の箱入り娘より見る目がありそうだ」

オリエッタは頬を染めた。

「ご期待に沿えるかどうかわかりませんが、幼い頃より父の仕事を間近で見ておりました。家には絵画や彫刻などもそこそこございますし、王宮へ納める宝飾品や家具調度も納入前にじっくり見せてもらえます」

幼い頃から本物の芸術品に囲まれて育ったから、見る目については裕福な大貴族にもひけをとらない自信がある。

クリスは好もしそうにオリエッタを見つめた。

「国を代表するような大商人の令嬢となれば、文句を言う者などいるものか」

「父はわたしを可愛がってくれておりますので、持参金もかなりつけてくれると思います」

「身ひとつで来てくれて一向にかまわないぞ。だが、自分の財産があれば貴女も安心だろう。結婚契約書には個人財産についてきちんと明記する」

金目当ての求婚とは思っていなかったが、気遣いに改めて嬉しくなる。実際のところ、ロメロのように妻の持参金目当てという男性は多いのだ。

「オリエッタ嬢」

「どうぞ、オリエッタとお呼びください。なんならオリエと呼んでくださっても」

家族が家庭内でしか口にしない呼び名だ。

「そ、そうか。では……オリエ」

照れくさそうに呼ばれてきゅんとなる。

名前を呼ばれただけなのに、どうしてこんなに嬉しいのかしら。

「はい……クリス様」

「私のことも、ただクリスとだけ呼んでくれ」

「……………クリス」

「オリエ」

互いに照れながら、ぎゅうと手を握りしめてしまう。完全にオリエッタの手を包み込んでしまう大きな手が、本当に素敵だ。

クリスは情熱的に囁《ささや》いた。

「このまま攫《さら》ってしまいたいくらいだ……！」

「わたしも攫われたいです……！」

完全に本気だったが、彼は嬉しそうに微笑《ほほえ》みながらも首を横に振る。

「気は急《せ》くが、そうもいかないな。色々と準備が要る。万全の態勢で迎えに来たい。少し待ってもらえるか」

「どれくらい？」

「一か月……いや、三か月は必要か？」

眉根を寄せて考え込みながら、独りごちるようにクリスは呟いた。頭の中で高速計算を巡らせているらしい。

「――うん、三か月あればなんとかなるだろう。いや、何があろうと絶対になんとかする！　オリエ、三か月だけ、待ってもらいたい」

「お待ちします！　本当は三日待つのもつらいのですけど」

「私もだ」

熱っぽくふたりは見つめ合った。

「今すぐ国へ戻って準備を始める」

「今すぐですか⁉　あの、両親に会っていただくわけには……。あ、無理でしたら、兄にだけでも。この舞踏会に来ていますから」

クリスは申し訳なさそうにかぶりを振った。

「すまない。接触する人間は必要最低限にときつく言われていてな」

「兄もダメなのですか？」

「ダメではないが、挨拶だけでは済まないだろう。今、身元を明かすことはできないのだ。そんな怪しい奴に大事な妹をやれるものかと怒りだすに決まっている。騒ぎになると……非常にまずい。私の国とアネモス王国は、敵対しているわけではないが、あまり交流がないのだ」

「そうですか……」

残念だが事情は理解できる。下手に兄に会わせて『怪しい奴！』と騒がれでもしたら大変だ。

「オリエ。身元もはっきり言わない私を疑うのはもっともだ。しかし――」

「疑ってなどいません！」

心外ですっ、と身を乗り出すとクリスは苦笑した。

「わかっている。だが、ご両親や兄君たちは疑うだろう。家族として当然のことだ」

「それはそう……ですけど……」

彼の言うこともっともなので、しぶしぶオリエッタは頷いた。

「一刻も早く国へ戻り、正式に貴女を妻とする準備を整えた上で堂々と迎えに来たい」

「……三か月以内ですよ？」

「ああ、できるだけ早くする。——そうだ、約束のしるしにこれを渡しておく」

力強く頷いたクリスは、クラヴァットの下から皮紐《かわひも》で繋いだ小袋を取り出した。中から出てきたものにオリエッタは目を瞠った。

「これは……サファイアですね。なんて大きいの」

鳥の卵くらいある大粒のサファイアを掌に載せ、溜め息をつく。サファイアはアネモス王国が属する西方諸大陸ではほとんど産出されず、採れても質はよくない。

良質のサファイアは東大陸の奥地で採掘されていたが、東大陸全土を巻き込む戦争がここ百年以上にわたって断続的に続き、国交が途絶えてしまった。

現在出回っているものはかつての輸入品ばかりで、加工が繰り返されて小さなものが大半だ。こんな大きなものは初めて見た。しかも裸石《ルース》の状態で。

「家宝の中でもとりわけ価値の高いもののひとつだ」

「そうでしょうね！」

「これを贈りたくなるような女性にめぐり逢《あ》いたいと思って持ってきた。受け取ってくれ」

「えっ⁉　もらっていいのですか？」

「指輪でもブローチでもネックレスでも、好きに加工してもらってかまわない」

「指輪にするには大きすぎますね」

かといって、割ってしまうのももったいない。

「……本当に、いただいていいのですか？」

「是非受け取ってほしい。私の求婚を受け入れてくれるなら」

真剣なまなざしに、頬を染めてオリエッタは頷いた。

「大切にいたします」

微笑んだクリスの顔が近づいてくる。オリエッタはドキドキしながら目を閉じた。

優しい感触が額に降りる。

「なるべく早く迎えに来る」

甘い囁きに、しかしオリエッタは口を尖《とが》らせた。

「おでこじゃダメです」

「ん？」

「結婚の約束は、唇にするものですよ？」

クリスが目を瞠る。

「……いいのか？」

「約束のしるしですから」

とろけるように微笑んで、今度こそクリスは唇にキスしてくれた。羽毛のような、淡雪のような接吻《せっぷん》。ちょっと物足りないくらいに、優しくうやうやしく唇が重なって——。

「オリエ。ずっと前から貴女を知っていた気がする。自覚しないまま探し回って、やっと見つけた……。そんな気がしてならない」

「わたしも……」

瞳を潤ませ囁く。出会ってからまだ一時間と経《た》っていないなんて信じられない。

「離れたくないわ」

思わず呟くと、クリスはつらそうに眉根を寄せた。

「私もだよ」

彼はサファイアを小袋にしまってオリエッタに持たせた。落としたりしないよう、紐《ひも》を手首に巻きつけ、袖口に小袋を押し込んでおく。

「名残は尽きないが、兄君が心配しているだろう。広間まで送っていく」

頷いて、彼の腕を取る。広間まではどんなにゆっくり歩いてもあっというまだった。

賑《にぎ》わいはさらに増し、音楽に笑い声とさざめきが加わって、まばゆいばかりの華やかさだ。

だが、逆にオリエッタの心には寂しさが広がってゆく。

やっぱり、もう少しだけお話を……と言いかけたところで、兄の声が名を呼んだ。

「オリエッタ！　よかった、さっきから探してたんだ――」

足早に近づいてくる兄に一瞬気を取られ。ハッと傍らを見るとすでに彼の姿は消えていた。

「ひとりにして済まなかった。……どうした、青い顔をして。気分でも悪いのか」

「ううん、大丈夫よ。でも、もう帰りたい」

「踊らなくていいのか？」

「もういいわ。それよりお父様とお母様に話したいことがあるの」

「どうしたんだ、誰かに意地悪でもされたのか？　名前を言いなさい、厳重抗議する」

「そんなんじゃないわ。とてもいいことがあったの」

「そのわりに浮かない顔だな」

不審そうな兄に、曖昧な笑みを浮かべる。

屋敷へ戻る馬車のなかで、オリエッタは袖口に隠したサファイアの小袋を、黙って握りしめていた。

「――話とはなんだね？」

晩餐会から戻ってきた父のニコラは、心配そうにオリエッタの顔を覗《のぞ》き込んだ。母も気がかりそうに娘の肩を抱く。

デルミ家の居心地のよい居間には家族全員が顔を揃《そろ》えていた。

早めに帰宅して着替えも済ませたオリエッタと長男のディーノ。帰宅したばかりでまだよそゆき姿の父ニコラと母マリーナ。

風邪で寝込んでいた次男のマヌエレまで、ただならぬ気配を察知したのか、毛布を巻きつけ氷嚢《ひょうのう》を頭に乗せた格好で肘かけ椅子に深々と沈み込んで目をらんらんと光らせている。

「イヤな奴に絡まれたのなら正直に言え。風邪が治ったら決闘する」

全部に濁点がついたような鼻声に、呆れてディーノが肩をすくめた。

「いいから寝てろよ、マヌエレ」

「そんなんじゃないわ、兄様。……いいえ、実を言うと絡まれたのだけど」

「なんだと！」

兄ふたりが同時に叫び、オリエッタは慌てて続けた。

「でも！　素敵な人がすぐに助けてくださったの」

「まぁ～！」

母が頬に手を当て、目を輝かせる。ディーノがしかつめらしく言った。

「何故あのとき言わない。兄としてお礼の一言くらい言いたかったぞ」

「そ、それが……その……」

「どうしたんだね、オリエ。何かあったのなら話してみなさい」

穏やかに父に促され、こくりとオリエッタは頷いた。

「実は……求婚されて」

「何⁉」

またもや兄ふたりが不協和音で同時に叫ぶ。

「わたし……お受けしました」

今度は誰も叫ばなかったが、全員があんぐりと口を開けてオリエッタを見つめた。オリエッタは赤くなってうつむいた。

(やっぱりいきなりすぎ……よね)

最初に気を取り直したのは母だった。

「ええと……。その、絡まれたところを助けてくれた人に求婚されたのよね?」

「はい」

「絡んだ奴は思い当たる。ロメロ卿だな」

こくりとオリエッタはディーノに頷いた。

「そちらはきっぱりお断りしました」

「当然だ」

「重しをつけて海に沈めてやる……」

ぼそぼそと、マヌエレが不穏なことを呟く。

「助けてくれたのはどなた？　わたしたちも存じあげている方かしら？」

「いいえ、お母様。外国の貴族の方です」

「どこの国だ？」

「今は言えない、とのことでした」

家族全員が押し黙る。と、濁声でマヌエレが叫んだ。

「結婚詐欺だろ、そりゃ⁉」

「違うわ！　それは真剣に申し込んでくれたもの。色々と事情があるのよ」

「どんな」

と疑わしげにディーノ。

「え、っと……。あ、この国とはあまり交流がないって言ってました。でも敵対してるわけじゃないって」

「敵対してないが、あまり交流がない……？　というと……近いところでは西隣りのウェントスか？」

父が顎を撫《な》でて考え込む。

ウェントスはアネモスと北大陸を二分する国だが、境界が人の居住に適さない荒れ地のせいもあって、交流は盛んとは言えない。西端が西大陸のオルニスの飛び領土となっており、むしろそちらとの行き来が多い。

「中央のセレーナと南のアントスとは定期航路もありますしね。どうだ、オリエ。ウェントス人という可能性は」

「ど、どうでしょう……。ウェントスの方とはあまりお会いしたことがないので……」

「どんな人物だ？　見た目とか、背丈とか」

「背はとても高かったわ。お兄様よりも」

家族で最も上背があるのが長男のディーノだが、クリスはさらに頭半分高かった気がする。

「髪は真っ黒で、目の色は濃い青……群青色だと思う。夜だったから、濃いめに見えたかも。背が高いだけじゃなく、体格もよかったわ。がっしりしてて、すごく力がありそうなのに、とても優しくて礼儀正しかった」

思い出すとせつなくなって、オリエッタはほうっと嘆息した。

「——あ。そうだわ、約束のしるしだって、これをくれたの。家宝なんですって」

サファイアの裸石《ルース》を父に差し出す。

「これは大きいな……」

「俺も見たい！」

「後で見せるって。――本物ですか?」

疑わしげに尋ねたディーノに、じっくりとルーペで石を眺めてニコラは頷いた。

「本物だ。……んんっ?　ほほぅ、これは……」

「なんですか」

「見てみろ」

ニコラは蠟燭の灯にサファイアをかざした。覗き込んだディーノが驚愕《きょうがく》の声を上げる。

「スターサファイアだ!　こんなに大きいものがあったのか⁉」

「み、見たい……」

よろよろとマヌエレが立ち上がる。母のマリーナが支え、ふたりして宝石を覗き込んだ。

「まぁ、本当だわ」

「む……。六筋の光……確かに」

オリエッタも驚いてまじまじと宝石を見つめた。大きさだけでも相当なのに、さらにスターサファイアだったとは……。

こうして光を当てると六条の光を発するものをスターサファイアと呼び、サファイアの中でもとりわけ珍重される。内部に針状の不純物《インクルージョン》が含まれるために、そのような光芒《こうぼう》が生まれるのだ。

「これは確かに家宝級だ」

感心したように呟いた父が宝石を差し出す。掌に載せ、改めてまじまじと見つめた。

「このように貴重なものを婚約のしるしとして差し出すからには、詐欺とは考えにくいな。それとも、いずれ返させるつもりか」

「好きに加工していいって言われたわ。指輪にするには大きすぎるし……やっぱりブローチかしら？」

「そうだな。これを中心に他にも宝石をあしらって豪華なネックレスにするのもいい。本当に貴族に嫁入りするなら、それくらいの支度は当然だ」

大商人の父は愛娘に甘い。母も浮かれた調子で言い出した。

「あら、だったらそれに合うドレスも新調しないと」

「父上も母上も気が早すぎます！　身元を明かさないのはどう見たって怪しいですよ。これだって盗品かもしれない」

「クリスはそんな人じゃないわよ！」

ムッとしてオリエッタはディーノを睨んだ。

「会ったばかりで何故わかる。――ん？　クリスというのがそいつの名前か」

「そうよ、クリス様。格好《かっこう》いいでしょ」

「名字は？」

「知らない。今は伏せたいって」

「やっぱり怪し――ゴホゲホ！」

わめいたマヌエレがむせ返り、慌ててマリーナが背中をさすった。

「三か月以内に必ず迎えに来るって約束してくれたもの！　絶対来てくれるわ。わたし、クリスと結婚する。もう決めたの」

「そんな勝手は許さんぞ！」

「お兄様の許しはいらないわよ！」

「父上の許可はいる！　社交界デビューしたとはいえ、おまえはまだ未成年だ。結婚には親の許可がいる！」

「三か月……か」

ニコラが考え込むように呟く。ディーノは憤然と叫んだ。

「三か月後だろうと未成年であることに変わりはありませんッ」

「落ち着きなさい、ディーノ。三か月くらいなら待ってもいいではないか」

「父上⁉　どこの馬の骨ともしれん男に大事なオリエッタをくれてやるつもりですか⁉」

「馬の骨とは失礼ね！　クリスは誠実な人よ。約束のキスだって最初はおでこに――」

「キ、キスだと……⁉　やっぱり盗人《ぬすっと》だ！」

「オリエッタの唇を盗むとは、太い野郎だ！　成敗して――」

すっくと立ち上がったマヌエレが次の瞬間ばったり倒れ、ひとしきり騒ぎとなる。

マリーナが侍女の手を借りて息子を連れ出し、やっと居間に静穏が戻った。

額を押さえ、ニコラは溜め息をついた。

「ともかく。三か月以内に迎えに来ると言ったのなら、三か月だけは待とうではないか」

「お父様……！」

「ただし、結婚を許すかどうかは実際に本人に会ってから判断する」

「……はい」

「オリエッタ。おまえは大事な娘だ。必ずや幸せになってもらいたい。もしも、そのクリスという人物に邪な魂胆《こんたん》があるとしたら……結婚を許可するわけにはいかない。わかるね？」

「はい、お父様。……でも、クリス様はそんな人ではないと信じています」

「そうであることを、私も願う。——その宝石は大切にしまっておきなさい。どのように加工するかは結婚が正式に決まってからだ」

「わかりました」

こくりと頷き、宝石を胸に押し当てる。

(三か月なんて、あっと言う間よ)

もっと早く来てくれるかもしれない。彼もそう言っていた。

できるだけ早く迎えに来る、と。

自分にそう言い聞かせながら、オリエッタはすぐにも彼に逢いたくてたまらなかった。

迎えは二か月後に来た。
ただし、待ちわびたクリスではなく——。
デルミ家の屋敷に横付けされたのは、王宮から遣わされた豪華な馬車だったのだ。

第二章　熱烈なるお出迎え

街は不穏な空気に包まれていた。

「……人がいないわ」

馬車の窓から覗いてオリエッタが呟くと、同乗している父が頷いた。

「外出禁止令が出されているからな」

「戦争になるのかしら……」

父の隣で母が不安を洩《も》らす。ニコラは妻の手を取り、安心させるように軽く叩《たた》いた。

「いきなり仕掛けては来ないだろう。要求を通すための示威行動だ」

「要求って？」

ニコラは難しい顔で顎を撫でた。

「常識的に考えれば、交易の再開……だが」

「それならいきなり大艦隊で港をふさいだりする？」

オリエッタの意見に、父はそうだなと頷いた。

アネモス王国の王都に隣接する港町オアラに大艦隊が現われたのは昨日の早朝だった。昇る朝日を背に、黒々と影を落とす軍艦の大群が粛々と近づいてくるのを見て、オアラの人々は恐怖にすくみ上がった。

このまま攻め込んでくるかと思いきや、軍艦の進攻は港の入り口付近で止まった。漁船が出入りできる余裕は充分にあり、砲撃準備にかかる様子もない。

一発だけ、空に向かって打ち上げられた砲弾が、桟橋付近の海面に落ちた。何故かプカプカ浮いているそれをおそるおそる拾い上げてみると、中が空洞の木弾で、手紙が入っていた。

内容は、漁の邪魔をするつもりは一切《いっさい》なく、安全は保証するからいつもどおりに行なうように、ということと、国王と話がしたいので上陸許可を求める、という二点。

末尾に記された署名に、オアラの総督は驚愕した。それは海を隔てた彼方《かなた》の東大陸で最大の領土を誇るキュオン帝国皇帝からの書簡だったのだ。

総督はオアラの全戸に出港禁止と外出禁止を命じ、急いで王宮へ向かった。安全を保証すると言われてもにわかに信用できるわけがない。

寝耳に水の報告に国王もまた仰天し、即座に王都にも外出禁止令を出した。

デルミ商会はオアラに商館があり、そこからの早馬で、王都に外出禁止令が出される前に状況を把握していた。念のため王都の店舗を休業にして屋敷で緊急事態に備えていると、案の定王宮から馬車を差し回しての呼び出しがあった。

予想外だったのは、御用商人であるニコラだけでなく、妻のマリーナと娘のオリエッタを同行するようにとの王命が下されたことだ。

オリエッタ自身と兄ふたりは訝《いぶか》しんだが、両親は何か思い当たることでもあったのか、青ざめて互いに顔を見合わせた。そして娘に宮廷に上がる支度をするよう命じたのだった。

わけがわからないまま正式謁見用のドレスに着替えたオリエッタは、王室の豪華な馬車で王宮へ向かった。

ただでさえ異常事態なのに、両親が不自然に顔をこわばらせて押し黙っているのでどうにも落ち着かない。

オリエッタは窓から街を眺め、『人がいないわ』と思わず独りごちたのだった。

父ニコラはその声で気を取り直したらしく、外出禁止令が……と応じながらこわばりをほぐすかのように顔を擦った。

「書簡を信じるならば、キュオン帝国はなんらかの交渉のためにやってきたのだろう。国王陛下との話し合いを望んでいるそうだからな」

「だとしても、どうしてわたしにまでお呼びが？　国王陛下がお父様に相談するのはわかるけど……」

ニコラは国王の元ご学友で、成人後も親しい関係は続いた。王宮御用達商人として色々な物品を用立てるかたわら、個人的な相談にも乗ってきた。

国王は親しい友の娘として、オリエッタのことも可愛がってくれた。自身に王女がいないせいもあったかもしれない。

父に伴われてしばしば王宮へも上がったし、誕生日には必ず贈り物を用意してくれた。国王には伯父のような親しみを感じている。

国王のほうもオリエッタを姪《めい》のように思ってくれているのだろう。それは嬉しいし、光栄ではあるけれど、このような非常事態に自分が呼ばれる理由がさっぱりわからない。

父も母も、眉をひそめ青い顔で『わからない』と首を振るばかりだし……。

そうこうするうち、馬車はがらんとした街を走り抜けて王宮へ入った。王宮は街の北寄りの小高い岩山にあって、一番高い塔の先端で王国旗がひるがえる様はどこにいても見える。

馬車はいつものように商人や職人が出入りするための通用口で止まったが、そこには見るからに上級の侍従と思《おぼ》しき人物が待ち構えていた。

「……先に行きなさい」

馬車を降りると父に背中を押され、当惑しつつ先頭に立って進み出ると、どういうわけか偉そうな顔つきの侍従がうやうやしくお辞儀をした。

「お待ちしておりました」

オリエッタは混乱して背後の両親を振り向いた。ふたりとも、いよいよ顔がこわばり青ざめている。オリエッタは急に恐ろしくなった。

（も、もしかしてわたし、知らないうちに何かとんでもないことをしでかしていて……処刑《しょけい》される――とか⁉）

「どうぞ、こちらへ」

あくまで慇懃《いんぎん》に侍従が促す。両親を見るとぎくしゃくと頷かれたので、仕方なく侍従について歩きだした。

最初はシンプルだった廊下は奥へ進むにつれて作りが豪華になってゆく。ふだんなら着飾った宮廷人がそこここで談笑しているのに、今日は誰もいない。代わって要所要所に武装した兵士が直立不動の体勢で控えている。

侍従は無言のまままさらに奥へと三人を導き、気がつけば今まで来たことのない王族の私的領域にまで入り込んでいた。

さらに警備が厳重になっている。当然のこととはいえ、なんだかやけに緊張感が漂っているように思えるのは気のせいだろうか……？

「こちらです」

両開きの豪華な扉の前で、侍従はやっと足を止めた。扉の左右にはそれぞれ侍従が控えていて、上級侍従が頷くと、完璧に一致した動作で扉を開ける。おずおず足を踏み入れると、奥からホッとしたような声がした。

「おお。待っていたぞ、オリエッタ」

アネモス王国国王バジリオが、玉座から腰を浮かすようにしてオリエッタを手招く。その隣で王妃のグラツィアーナが端然と頷くような会釈をした。

グラツィアーナは南隣の中央大陸セレーナの王女で、十七年前に十六歳の若さで嫁いできた。むろん政略結婚で、国王バジリオは当時三十歳。王妃が出産で亡くなり、跡取りの王子がなかったために再婚を余儀なくされたのだった。

ひとまわり以上の年齢差もあって当初はぎくしゃくしたが、三年後に跡取りとなる王子を無事出産した。その後も王子をふたりもうけ、夫婦仲はまずまずと言える。

オリエッタは王妃とはあまり親しくなかった。別に嫌われているわけではないようだが、王妃は一定の距離を崩そうとはしない。

王妃のお茶会に招かれたことも何度かあるが、いつも母と一緒で、二言三言、あたりさわりのない会話をするだけだ。

オリエッタは玉座の前に進み出ると、ドレスを摘まんで深々と膝を折った。

「陛下。王妃様」

「立ち話もなんだ、座りなさい」

国王が軽く手を振ると、即座に優美な長椅子が屈強そうな侍従二人がかりで運ばれてくる。三人並んでゆったり座れるサイズなのに、何故か両親は座ろうとせず、椅子の背後に回ってしまう。急いで自分も従おうとすると、父に低く『座りなさい』と命じられた。

仕方なく、長椅子の真ん中にぽつんと座る。国王は夫妻に座れとは言わず、心苦しそうに浅く会釈した。

居心地悪さが頂点に達したオリエッタは、背中に冷や汗が浮き、眩暈《めまい》がしてきた。

(なんなの、いったい……!?)

早く家に帰りたい、と念じていると、国王が何度か空咳《からせき》をした。

「あー、突然のことで、大変済まないと思っている。実はオリエッタ、そなたに――」

国王が言いよどみ、オリエッタは口許を引き攣《つ》らせておそるおそる尋ねた。

「し……死ねと仰せでしょうか、やはり……」

「死ねだと!? 何を馬鹿な」

よかった、とオリエッタは胸をなでおろしたが、次の国王の言葉で呆然《ぼうぜん》とした。

「……いや、ひょっとしたら、そなたにとっては死ぬほどつらいことかもしれぬな……」

「な、なんですか!? 陛下、はっきり仰ってください!」

「む……。では、言うぞ」

国王はさらに大きな咳払いをすると、妙に据わった目付きをオリエッタに当てた。

「オリエッタ。そなたに嫁いでほしいのだ。東大陸、キュオン帝国の皇帝の下へ」

意味がわからずぽかんとしていると、さらに追い打ちをかけるように言われた。

「我がアネモス王国の王女として」

「――――はぁ⁉」

思わず品位に欠ける頓狂《とんきよう》な叫びを上げてしまったが、誰も咎《とが》めなかった。礼儀作法には厳しい母でさえ。

「な、なんですか、それ⁉　嫁ぐはともかく、王女として、って、そんなでたらめ……」

「でたらめではない。事実、そなたは王女なのだ、オリエッタ」

「恐れながら、陛下、冗談が過ぎますっ……」

「冗談ではありません。あなたは生まれながらにアネモス王国の正式な王女なのです」

淡々と言ったのはグラツィアーナ王妃だった。王妃は夫である国王に、軽く頭を下げた。

「わたくしから説明してもよろしいでしょうか。もし間違っていれば訂正をお願いいたします」

「う、うむ」

気圧《けお》されたように国王が頷く。もう一度会釈してグラツィアーナはオリエッタに向き直った。

「オリエッタ。あなたの実の母君、実際にあなたを産んだのは、先代王妃のフラヴィア様です」

「……先の王妃様は出産で亡くなられたと」

「そのとおりです。でも、生まれた赤子は無事でした」

「……それがわたしだと？」

「ええ」

　グラツィアーナはつらそうに眉根を寄せた。

「アネモス王国の王位継承法は男子優先。男子をもうけず王妃が亡くなった場合、国王は速やかに再婚することを求められます。たとえ王女がいたとしても」

　そこに、王女を嫁がせたいと打診してきたのがセレーナ王国だった。南隣の大国だ。政略結婚の相手としては申し分ない。

「婚約が成立したとき、わたくしは十六。甘やかされて育った世間知らずの、幼稚なわがまま娘でした。……陛下はそんなわたくしを気遣い、先代王妃の忘れ形見であるあなたの養育を、信頼できる人物に託したのです」

　思わずオリエッタは背後を振り向いた。一縷《いちる》の希望は両親の表情を見て瞬時に悲しい確信に変わった。

（本当なのね……）

「陛下の判断は正しかったと思います。わたくしは、自分があなたの良い母親になれたとは思えない。そう……三人の息子を授かった今ならともかく、あの当時はとても……」

「グラツィアーナ。いつから気付いていた？　昨夜打ち明けたとき、さして驚かなかったな」

「いつの頃からか、なんとなくそんな気がしていました。可愛がり方が、ただ親友の娘というだけではないように思えて。でも、その頃には三人目の王子にも恵まれ……。わたくしは少し身体を壊し、これ以上の妊娠出産は控えたほうがよいと医師に言われたこともあって、唯一の王女を陛下が可愛がるのは自然なこと……と思うようになったのです」

「そうであったか……」

国王はしみじみとした面持ちで嘆息したが、急転直下の成り行きにオリエッタは納得がいかなかった。

「で、でも！　わたしは臣下に下げ渡されたわけで、その時点で王女ではなくなったわけでしょう⁉　別にそれはどうでもいいですけど！　両親にも兄ふたりにも、大事にされて可愛がってもらって、なんの不満もありませんからっ」

その気持ちに嘘《うそ》はない。両親の実子でなかったことはショックだが、もしやと疑ったことなど一度もない。

オリエッタは背後に控える両親に向かって手を伸ばした。その手をニコラとマリーナがそれぞれ握り、瞳を潤ませながら頷いた。

「私たちも、オリエッタを実の娘と思って育ててきたよ。だがな、おまえは王女でなくなったわけではないんだ」

「わたしたちは陛下からあなたの養育を任されたの。けっして下げ渡されたわけではないのよ。あなたはずっとアネモス王国の王女だった。王女としての歳費もいただいていたわ。いっさい手をつけず、あなたの財産として積み立ててある。いつかお嫁に行くときに持たせようと」

「まさか、こんなことになるとは思わなかったが……」

苦悩をにじませたニコラの呟きに、国王もうなだれた。

「すまない、ニコラ。オリエッタの嫁入り先についてはおまえに任せるつもりだった。王女としてどこかに嫁がせるつもりはなかったのだ」

「だったらどうして、キュオンの皇帝へ嫁げなんて仰るんですか⁉　わたし、結婚の約束をした人がいるんです……！」

「そうなのか⁉　――ニコラ、それは本当か」

「婚約はしておりませんが、気に入った人物はいるようです」

「お父様っ」

「言ったはずだぞ、オリエッタ。結婚を認めるのは、彼が約束どおりにおまえを迎えに来て、信用に足る人物かどうかを私が判断してからだと。……むろん、陛下の許可もいただくつもりだった」

「まだ三か月経ってないわ！　三か月は待つと約束してくれたじゃない！」

「王命が優先されるのは当然のことだ」

「ひどい！」

「すまない……！」

苦悩に満ちた大声で国王が謝る。国の最高権力者に頭を下げられてオリエッタはうろたえた。

実の父だとわかっても、相手は国王だという意識はそう簡単に抜けない。

　ニコラが気を取り直して姿勢を正す。

「陛下。できればもう少し詳しく説明願えないでしょうか。オリエッタが王女であることは、ずっと伏せられていました。対外的には、アネモス王国に王女はいないことになっていた。それが何故、キュオンの皇帝に嫁ぐことに？　キュオン帝国は我が国には王女がいないのだと知らなかったのでしょうか」

　ニコラとて、娘として大事に育ててきたオリエッタを手放したくはないらしい。かなり強硬な口調で問《と》い質《ただ》した。

「それが、な……。どういうわけか、王女がいい、る、ことを、先方は知っていたのだ」

　国王は苦悩の表情で打ち明けた。

「何故――」

「わからん」

「そもそもどういう経過で結婚の話になったのです？　キュオンは我が国に攻め込んできたのですか」

「そうではない。向こうが言うには王女をもらい受けるため、威儀を正して迎えに来たそうだ」

　それを聞いてオリエッタは唖然《あぜん》とした。

「……戦争を避けたいなら王女をよこせ、ではなく？」

「キュオン帝国の正式な皇妃としてアネモス王国の王女を迎え、友好関係を結びたい、と。長らく途絶えていた国交を回復し、平和条約を結びたいと言っている」

「平和条約ですって⁉　あの大艦隊はどう見たって脅しとしか思えませんが」

「私もそう思う。断るという選択はないぞ……という無言の警告だな、あれは」

「そうに決まってます！」

「だが、和平を望んでいるというのはまるきり嘘でもなさそうだ。代理の者が条約の草案を受け取ってきた。後で、おまえにも見てもらうが、書かれているのは確かに和平と交易に関する規定で、各条件についても二国平等の扱いだ」

「我が国に不利な条件を押しつけようというのではなく？」

「それはない」

　きっぱりと国王は断言した。

「代理が聞いてきたところでは、東大陸では長らく続いた戦乱が収まり、復興もある程度進んだので、西方諸大陸との交流を再開したいということだ。その第一歩として、まずは一番近いアネモス王国との和議を結びたいと」

「確かに、距離的には我が国が東大陸と一番近い。帝国領の島々との交流はずっと続いていましたし……」

商人の顔になって頷くニコラを見てオリエッタは不安になった。

「あの……。友好関係を結ぶために王女との婚姻を、と求められて、わたしのことを思い出したということですか?」

「そなたを忘れたことなどないぞ。あいにく王女はいないと返事をしたら、いるはずだと言い張られ……。デルミ商会の当主の娘が本当は王女だということはわかっているぞ、とまで言われてしまった」

オリエッタは唖然とした。

「どこからそれを?」

「わからん。あらかじめ我が国の内情を探っていたとしか思えん」

「まぁ、確かに事前の下調べもなしに大艦隊を派遣するとも思えませんしね……」

「お断りできませんか? お父様、国王陛下。先にも言いましたが、わたし、結婚の約束をした人がいるのです」

「すまない、オリエッタ。本当に申し訳なく思うが、外交上の問題を考えると、断るのは得策ではないのだ」

キュオン帝国は東大陸のおよそ三分の一を占める大国。同じ大陸と名がついていても、東大陸はひとつで西方四大陸を合わせたくらいに大きい。

「キュオン帝国は東大陸でも最大の領土を持ち、長い戦乱を制して覇者となった国。あの大艦隊を見ればわかるが、我が国の海軍ではとても太刀打ちできん」

「……セレーナが加勢しても危ういかと」

セレーナ王国出身のグラツィアーナ王妃が小声で呟いた。

彼女自身が政略結婚で嫁いできたことから、王女ならばそれが当然と達観《たっかん》しているらしく、気の毒そうな顔をしても味方はしてくれそうにない。

「どうしても……キュオンの皇帝に嫁がなければいけませんか……？」

「ああ。そうしてもらう以外にない」

「せめてあと一か月、待ってもらうわけには……」

食い下がるオリエッタの肩を、ニコラがそっと包んだ。

「オリエッタ。気持ちはわかるが、もしもおまえの想《おも》い人が承知できずにおまえを攫ったりしたらどうなると思う？　恥を掻かされたと激怒した皇帝が攻撃を命じたら……」

ぐっとオリエッタは詰まった。

「……だったら、わたしが直に皇帝に説明します！」

「オリエッタ……」

困り果てた顔のニコラを、オリエッタはキッと睨んだ。

「大国を統べる皇帝なら、度量だって大きいはずよ。きちんと事情を説明すれば、きっとわかってくれるわ」

「わかってもらえなかったらどうする。何事も自分の思いどおりにしなければ気が済まない独裁的な専制君主かもしれないぞ」

「そ、それは……」

「勝手のわからない相手を怒らせるのは得策ではありません」

グラツィアーナ王妃が、またも淡々と述べた。やっぱり嫌われてるのかも、と悄然《しょうぜん》とすると、王妃は国王に向かって言葉を続けた。

「ですが、オリエッタの訴えはもっともなことだと思います。王女であることを知らずに育ち、好きな人ができて結婚の約束を交わした。王女という身分がなくても、昨日までは幸せいっぱいだったのです。それが、いきなり王女なのだから政略のために嫁げと言われて納得できるわけがありません」

「王妃様……」

「陛下。先代王妃様の忘れ形見であり、唯一の王女であるオリエッタを、陛下が平然と捨てていたとは思いません。手元に置いて可愛がりたかったはず。それをあえてデルミ夫妻に養育を託したのは、わたくしを気遣ってのことだとわかっております。だからこそ、お願いしたいのです。どうぞ、オリエッタに運命を選ぶ機会をお与えくださいませ。もしもそれでキュオンの皇帝を怒らせたのなら、責任はわたくしが負います。人質として帝国へ行くと申し出れば、攻撃はしないはず」

「何を言うか！」

「王太子アルナルドは十五歳、跡取りとしての自覚も芽生えているでしょう。末のエフィジオも八歳になりました。わたくしがいなくても――」

「そ、そんな！　王妃様、お気持ちは嬉しいですけど、万一そんなことになったらエフィジオ様がかわいそうです！　わたし、皇帝を怒らせたりしませんから！　平和的な話し合いを心がけます！」

「……わかった。では、皇帝と直に話してみなさい。そのように段取りをつけよう」

半ば諦めた様子で国王は嘆息した。オリエッタとしては、王妃に庇《かば》われたのか、うまく追い込まれたのか判然としなかったが、ふだんから表情が薄い王妃は顔つきから真意をくみ取ることも困難だ。

そんな悪辣な人物とは思えないから、たぶん本気で庇ってくれたのだろう。断りづらくなったのは確かだが、とにかく話し合う機会はもらえたわけだし。

（絶対に、説得して諦めていただくわ……！）

密《ひそ》かにオリエッタはぐっと拳を握りしめた。

早速オリエッタは港町オアラに向かった。今度は四頭立ての馬車で、前後に近衛軍が護衛についている。

オアラについたのは夕暮れ間近だった。会合の場所はオアラ総督の館。オリエッタからの申し出を受け、国王から上陸許可が出されて、キュオン皇帝は護衛兵と共に総督館へやってきた。

先に着いていたオリエッタは、窓から皇帝一行が館へ入るのを覗《のぞ》き見た。

銀色の甲冑《かっちゅう》に身を包み、完全武装した騎士が二列。その間に、ひときわ立派な飾りのついた兜《かぶと》と白銀の甲冑、緋色《ひいろ》のマントをはおった人物が、前後に帝国旗を掲げた従者に挟まれて悠々と歩いている。

周囲を固める騎士たちと体格でも背の高さでも引けをとらない。戦乱を収めて東大陸の覇者となったからには、皇帝もまた武勇に優れた人物であっておかしくはないだろう。

（あれがキュオン帝国の皇帝……？）

兜をかぶっていて顔が見えない。

好奇心からしげしげ見下ろしていると、視線を感じたかのように皇帝がふっと顔を上げた。

反射的にオリエッタはカーテンの陰に身を隠した。

おそるおそる目だけ出して覗いてみると、皇帝らしき人物はまだこっちを見ていた。兜には面頬がついていて、完全に顔が隠れている。

何故だか皇帝が笑ったような気がしてオリエッタはドキッとした。

（さ、錯覚よ。顔が見えないんだから、笑ったかどうかわかるわけないわ）

少なくとも覗いていたことはバレてしまった。

果たしてそれが吉と出るか、凶と出るか。

「オリエッタ、座っていなさい」

母に促され、オリエッタは用意された椅子に座った。今回は非公式の会合ということで、国王は同行していない。

国王との正式会談は、オリエッタが皇帝の求婚を受け入れてから、あるいは皇帝がオリエッタとの婚姻を諦め、改めて和平の条件について話し合うときに行なわれる。

室内には、オリエッタとデルミ夫妻の他、国王代理に任命された侯爵が控えている。しばらく待つと扉がノックされ、緊張でこわばる侍従の声がした。

「キュオン帝国、皇帝陛下がお越しになりました」

「お入りいただけ」

侯爵が応じる。オリエッタも立ち上がり、気持ちを落ち着かせようと深呼吸をした。

扉が開き、堂々と皇帝が入ってきた。軍装で、兜の面頬も下ろしたままだ。さすがに侯爵もたじろいで絶句していると、皇帝はまっすぐにオリエッタを見つめて告げた。

「王女とふたりで話したい」

「し、しかし……」

「王女は私に話したいことがある、と聞いた。言いたいことは遠慮なく言ってほしいし、こちらとしてもじっくり拝聴したい。席を外してもらおう」

面頬のせいで声が低くくぐもっているが、泰然とした話し方には威厳ばかりでなく穏やかな誠実さも感じられた。人の話を聞かない暴君ではなさそうだ、とオリエッタは少し安堵《あんど》した。

皇帝は腰に佩《は》いていた長剣を無造作に鞘《さや》ごと外し、側に控える騎士に渡した。うやうやしく受け取った騎士は皇帝の指示どおり部屋を出て行く。

しぶしぶ侯爵も従い、マリーナとオリエッタが残る。ニコラは最初から廊下に控え、マリーナは『王女の侍女』として同席していたのだ。

「……そちらも」

「ですが……」

「大丈夫よ」

お母様、と言いそうになったのを呑み込んで、オリエッタは頷いた。マリーナは後ろ髪を引かれるような面持ちで部屋を出ていった。

異国の皇帝とふたりきりになるとにわかに緊張が高まり、汗ばむ掌をオリエッタはぐっと握りしめた。

「座ったらどうだ?」

穏やかに勧められたが、オリエッタは頑《かたく》なに首を振った。

「このままでけっこうです」

「そうか。ならば私が座ろう。威圧しているように取られても心外だ」

そう言って皇帝は向かいに据えられた猫脚の優美な長椅子に悠々と腰を下ろした。

ギシ……と不穏な軋《きし》み音が聞こえた気がして少し心配になる。

皇帝は上背があっていかにも頑健そうな体格をしている上に甲冑をまとっている。優美に着飾った貴族が談笑するための椅子で支えきれるだろうか。

「――で、話とはなんだ？」

「あ」

万が一、椅子が真っ二つに折れて皇帝が尻餅をついたりしたら、戦争が勃発するのでは……と冷や汗をかいていたオリエッタは、我に返って少しうろたえた。

「あの。最初に申し上げておきますが、これはあくまでわたし個人の要望であって、国王陛下のお考えとは一切関わりなく……」

「わかっている。心配せずに言いなさい」

諭すような口調に幾分安堵し、オリエッタは決然と皇帝を見据えた。

「わたしには、すでに結婚の約束をした人がいます」

「……ほう」

皇帝が驚いたというより感心したような声を上げ、オリエッタはとまどった。

「で、私とは結婚できない、と？」

「できないというより、したくないのです。わたしの心はすでにその方に捧《ささ》げておりますから……。どうぞ、この話はなかったことに」

「そうはいかない。私は何があろうと貴女を妻にするつもりで迎えに来た」

一瞬の迷いもなく断言されて、オリエッタの心は不穏に揺れた。絶句していると、ふっと皇帝が笑った気がした。

「可能ならば明日にでも国へ連れ帰りたいくらいだ」

「それは困ります!」

思わず大声を上げ、ハッと青ざめる。

「……わかっています。アネモス王国の臣民として、王命に背くことはできないということは……。わがままを通せば父にも迷惑をかけてしまいます」

「父というのは、育ての父であるニコラ・デルミのことか」

「すでにご存じのようですからはっきり申し上げます。わたしはずっと平民として育ちました。自分が王女だと知ったのは、ほんの半日前のことです。今でも信じられないくらいです」

「デルミの娘として嫁ぎたかったのか……」

皇帝が独りごちるように呟いたので、少し面食らう。

「そ、そうです。わたしは家族の誰からも可愛がってもらいましたし、デルミ家の娘であることを誇りに思っていました。今でもその気持ちに変わりはありません。ですからわたしには、王女として他国に嫁ぐという心構えがまったくできていません」

「別に身構えることなどないぞ。気楽に嫁いできてくれればいい。下にも置かず大切にすると約束する」

それこそ気楽に、かつきっぱりと言われてしまってうろたえる。

「そっ、そういう意味ではなくてですね……！　なかったことにしていただけないなら、せめてあと一月お待ちいただきたいのです！」

「王女としての心構えを身につけるために？　今のままで充分だ。何も問題はない」

「それでも……待ちたいのです」

「……言い交わした相手をか？」

こくんとオリエッタは頷いた。

「あの方は、三か月以内に迎えに来ると約束してくれました。何があっても三か月以内に迎えに来る、と……。わたしも、三か月は待つと約束しました。だから、待っていたい。あと一月で、期限の三か月になります。最後の日の、最後の一分一秒まで、わたしは待っていたい。どうか……お願いします」

「その者が迎えに来たら、どうするつもりだ？　キュオン帝国の皇帝に求婚されていると知っても貴女を諦めず、地の果てまでも一緒に逃げようと誘われたら？　応じるつもりか」

「わ、かりません……っ、そうしたい……けど、だめだってことも……わかって、るし感情が込み上げて言葉が詰まる。オリエッタは掌に顔を埋めて嗚咽《おえつ》をこらえた。

「でも……。逢いたいんです……。最後に、一目だけでも……っ」

「そんなにその男が好きなのか」

「好きです。自分でも、変だって思うくらい……好きなんです……！」

こらえきれず、ついに泣きだしてしまう。無言で立ち上がった皇帝が、そっとオリエッタの肩を掴んだ。

「泣くな。貴女があまりにいじらしくて、もっとその想いを聞きたくなってしまった」

「……？」

さっと取り出した真っ白なハンカチで優しく涙をぬぐわれ、オリエッタはとまどった。皇帝はオリエッタにハンカチを持たせると、おもむろに兜を外した。顔にかかった黒髪を無造作に搔《か》き上げて、にっこりと笑ったその顔は――。

「…………ク、クリス……!?」

逢いたくて逢いたくて、逢いたくてたまらなかった相手が、目の前にいた。皇帝は兜を長椅子に放り投げると、ハンカチを取ってオリエッタの目元や鼻をまめまめしくぬぐった。

「すまない。泣かせる気はなかったのだ。悲しませるのはこれきりにするから、許してくれ」

「……本当に、クリス……なの……？」

……！」

「ああ」

彼はオリエッタの手を取って、チュッと甲にキスした。

「ど……どうしてキュオン皇帝の振りなんか……⁉」

「振りじゃない。私がキュオン帝国皇帝、クリストフだ」

クリストフ――クリス。

そういえば、新人舞踏会で名乗ったとき、変に言葉に詰まったような……？

事実が頭に浸透するにつれ、オリエッタの顔色は青くなった。

皇帝。

クリスが、キュオン帝国の、皇帝……！

辺境の、貴族の当主ではなく……⁉

「すまん、驚かせたな。ともかく座ろう」

並んで長椅子に腰を下ろすと、クリス――皇帝クリストフは青ざめたオリエッタの頬を撫でたり、指先に息を吹きかけたりした。

「だ、大丈夫です、から……っ」

我に返って手を引っ込めようとしたが、ぎゅっと掴まれてしまう。大きな掌の確かさを意識して鼓動が高鳴った。

（本当に……クリスなんだわ……！）

うるっとして彼の胸板にぶつかる勢いで飛び込むと、優しく背中を撫でられた。頬に当たるのは冷たい甲冑の板金だが、感激で火照った頬にはちょうどいいくらいだ。

「迎えに来てくれたのね……」

「なるべく早くと約束したからな。必死に段取りをつけてどうにか二か月で来られた」

船での往復を考えれば、相当の大車輪でやっつけたに違いない。

「まさか貴男がキュオン帝国の皇帝だったなんて……」

呆然とオリエッタは呟いた。

「西隣のウェントス人じゃないかとお父様たちが言うものだから、そうかもって思ってたわ」

「逆方向だったな」

「東大陸とは、確かに敵対はしてないけど親しくもない、わね」

やっと納得がいったわ、と頷くオリエッタの額にくちづけてクリストフは微笑んだ。

「名乗りもしなかった私を信じてくれて嬉しいよ」

「正直にキュオンの皇帝だと言われても、突拍子なさすぎてかえって疑ってしまったかも」

ふふっと笑ってオリエッタは彼の胸にもたれた。

「……そうだわ。どうしてわたしが王女だってわかったの？　わたしだって知らなかったのよ」

「悪く思わないでほしいのだが、念のため身元を調べさせた。疑っていたわけではないぞ、あくまで念のためだ」

「わかってる。皇帝として結婚相手の身元について慎重になるのは当然よ」

「確かにデルミ家の娘だという確認は取れた。だが、どうやら貰《もら》い子《ご》らしい……という情報もあって、さらに念入りに調べさせたのだ。すると実は亡くなった先代王妃の遺児だということがわかった」

それまでクリストフは、アネモス有数の豪商であるニコラ・デルミの娘として、オリエッタに結婚を申し込むつもりで準備を進めていた。それはそれで不自然とは思われないだろう。交易を盛んにするという目的にはきっちり沿っているからだ。

だが、オリエッタが王女であるならば、王女として妻に迎えたほうが双方にとって何かと好都合ではないか……?

「どのみちアネモス王国には友好条約締結を持ち掛けるつもりだった」

「ええ、そのためにアネモス人の花嫁を探しに来たのよね?」

「そして首尾よく理想の花嫁を見つけた」

ニヤリとしたクリストフが握った手に唇を押し当て、オリエッタは頬を染めた。

「自ら花嫁を探しに来たのは、伴侶は自分で選びたかったからという以前に、求婚できる王女がいないと思っていたからなのね?」

「そうだ。アネモスに王女がいないなら、身分もしくは国政に影響力を持つ人物の娘がいいだろうと思った。結果的に、オリエッタはその両方だったわけだ。王女であると同時に、豪商の愛娘でもある」

「……だからわたしに求婚したわけじゃ、ないわよね？」

ちょっと不満を覚えて軽く睨む。

クリストフは苦笑して機嫌を取るようにオリエッタの頰を撫でた。

「そんなわけないだろう。一目惚れした女性が、たまたまそうだったというだけさ。私はとてつもなく強運だったということだ。おかげで家臣たちを説得する手間を省けたのは正直ありがたいがね」

それもそうね、と素直にオリエッタは頷いた。

「でも、どうして顔を隠してたの？　そうでなくても大艦隊が押し寄せてきてびくびくしてるのに、兜までかぶって完全武装で来られたら、戦争をしかけるつもりかと警戒されちゃうわ」

「顔を晒《さら》して私が現われたら、オリエッタはどうした？」

「えっ？　そうね、感激のあまり、抱きついたり……したかも」

照れながらも正直に告げる。クリストフはしかつめらしく頷いた。

「私もだ。貴女をひしと抱きしめ、熱烈にくちづけたに違いない。人目も憚《はばか》らず、な。……だが、そうなると……私たちが以前から知り合っていたことがバレてしまう」

「あ」

「正式国交のない国の皇帝が自ら潜入していたと知れれば、何かよからぬことを企《たくら》んでいるのではと警戒されるだろう。私は単に花嫁探しに来ただけなのだが、信じてもらえるか怪しい」

「信じてもらえないでしょうね……。一国の皇帝が、実地に花嫁探しをするとは思えないもの。それも国交のない外国で。ふつうは色々と根回しをした上で、肖像画を送りあったりして決めるのよね」

「だから、あえて顔を隠すことにしたのだが、仮面をつけるのも不自然だ。それで面頬を下ろした兜を被ることにしたわけだが、それだと貴族的に優雅に着飾るわけにもいかない。必然的に軍装とあいなった」

「あの物々しい大艦隊は？　皇帝の護衛にしても大仰すぎない？　あれじゃすぐに戦争が始められそうよ」

「王女を花嫁に迎えようと言うのだぞ、あれくらい当然だ。我が国の誠意を示すため、最大限の配慮をしたつもりだ」

生真面目な表情からすると、本当に『花嫁熱烈大歓迎！』を表すための趣向だったようだ。

「……まぁ、万が一にも断られないように、というのも、なくはないが」

ぼそっと付け加えたクリストフを、オリエッタは呆れて睨んだ。

「やっぱり脅しも兼ねてたんじゃない」

「どうしても貴女を妻に迎えたかったのだ。気を悪くしないでくれ」

慌てて皇帝が機嫌を取り始める。つんとそっぽを向きながら、オリエッタは内心では盛大ににまにましていた。

(大好きな人に機嫌を取られるのって、すごく気分がいいものね)

「オリエッタ。私と結婚してくれるね？」

「お返事はとっくにしたはずよ」

「あのときは、どこの誰とも知れぬ『クリス』としてだった。今度はキュオン帝国皇帝クリストフとして、改めて貴女に結婚を申し込みたい」

「……王女としての、わたしに？」

「両方だな。私としては、貴女がデルミ家の令嬢だろうが王女だろうが、どちらでもかまわないのだ」

オリエッタは少しためらった。

「わたし……王女としての返事には自信がないわ。だって、まだ自分が王女だなんて信じられないんですもの……。だから、あのときと同じ気持ちでお返事します。——クリス、わたしは貴男がどこの誰であろうとも、貴男の妻になります」

クリストフは感極まった面持ちでオリエッタを見つめ、ぎゅっと抱きしめた。

「ああ、こんなに嬉しいことを言ってもらえるとは……。私は果報者だ。オリエッタ、貴女を生涯大切にする。貴女を守り、貴女に尽くし、貴女を尊ぼう」

「そ、そこまで言われると、なんだか恐れ多いのですけど！　わたしも、そうします……」

どうにも照れてしまってうつむくと、その顎を優しく掬《すく》われた。

（――あ。キスされる）

そう思った瞬間、唇が重なっていた。約束のキスよりもずっと甘く幸せなくちづけに、オリエッタはうっとりと目を閉じた。


廊下でやきもきしていたデルミ夫妻及び国王代理の侯爵は、ガチャリと扉が開く音にハッと振り向いた。

相変わらず面頬を下ろしたままの兜をかぶったキュオンの皇帝が、うつむきがちのオリエッタの手をとって出てくる。

皇帝は長身を折ってオリエッタの手にうやうやしくくちづけた。

「では、改めてまた後日」

「……はい」

皇帝は側近の差し出した長剣を腰に佩き、悠然と去っていった。

ぼーっとその後ろ姿を見送っていると、ニコラとマリーナが血相を変えて詰め寄った。

「どうなったんだ、オリエッタ⁉　結婚か⁉　破談か⁉」

「えっ？　あ……はい。……結婚、します」

「誰と⁉」

「もちろん、ク……じゃなくて、キュオンの皇帝陛下と……です」

「でかしたー！」

拳を突き上げて叫んだ侯爵は、我に返って咳払いをした。

「あー、その、おめでとうございます、王女殿下」

「は、はい……。ありがとうございます……」

殿下などと呼ばれたのは生まれて初めてで、どぎまぎしながらオリエッタは頭を下げた。

「臣下に頭を下げてはいけません」

「ご、ごめんなさい」

「むやみに謝ってもいけません」

「ええ⁉」

「これはお嫁入りまでに王族としての心構えを叩《たた》き込む必要がありそうですね。さっそく手配します。――さ、王宮へ戻りますよ。国王陛下にも首尾よくいった旨を一刻も早く報告せねば」

せき立てられ、ふたたび馬車に押し込まれる。

馬車が走り出すと、同乗したニコラとマリーナが先を争うように尋ねた。

「どういうことだ？　オリエッタ」

「本当にキュオン皇帝と結婚するつもり⁉　クリスさんはどうするの！」

「え、と……。そのことなんだけど」

こめかみに青筋を浮かべた両親に問い詰められ、オリエッタはひくりと口許を引き攣らせた。

クリストフは育ての親であるデルミ夫妻にだけは本当のことを打ち明けてもいいと言ってくれた。もちろん厳重な口止めは要求されたが、父は信用第一の大商人。

その妻である母も口の固さに疑いはない。

慎重に言葉を選び、謎のクリスが実はキュオン皇帝クリストフであったことを打ち明けた。

ふたりとも呆気に取られ、顔を見合わせてしばしぽかんとしていた。

「皇帝が、国交もない外国で、単身花嫁探しだと……⁉」

「信じがたいでしょうけど、本当なのよ、お父様」

「まったく信じられん！」

「怖い顔して存外ロマンチストでいらっしゃるのねぇ」

感心したようにマリーナが洩らし、オリエッタは肩をすくめた。

「お母様。クリスの素顔はまだ見てないでしょ」

「そうだったわ、兜が怖かったものだから、つい」

「凛々しい美男子だから安心して」

「楽しみだわ、いつご尊顔を拝せて？」

能天気に浮かれ騒ぐ妻と娘を、ニコラは呆れて眺めた。

「おまえたち……もう少し警戒心というものをだな」

「クリスは誠実な人です！　あの大艦隊だって、わたしを賑々《にぎにぎ》しく迎えるためのもので——」

「あれは賑々しいではなく、物々しいと言うのだっ」

「わたしもそう申し上げました。クリスは反省してましたよ？」

「おまえ……早くも皇帝に意見したのか⁉　恐れ知らずな」

「クリスは人の話をきちんと聞いてくれます。大体、スパイするなら何も自分でしなくたって、誰かにやらせれば済む話です。でも、伴侶を選ぶのは人任せでは不安じゃないですか」

「そうよ、あなた。いくら身分や家格や年齢が釣り合っていても、互いに美男美女でお金持ちでも、気が合わなかったら最悪だわ。庶民ならともかく、皇帝ともなればそう簡単に離婚もできないでしょう」

「だからって、わざわざ自分で探しに来るか⁉」

「わざわざ探しに来るほど、真剣だということです」

きっぱりとマリーナは言い切った。心の内で拍手喝采し、母親への敬愛を深める。

「そしてオリエッタが見初められた。相手などいわば選《よ》り取り見取りの皇帝からですよ！　鼻が高いじゃありませんか、あなた」

「う、うむ、まぁ、そう……だが……」

「しかも、皇帝はオリエッタが王女だと知らずに見初めたんです。そうよね？」

「はい、お母様。わたしは商人の娘で平民です、と最初にはっきり申し上げました」

「それでも求婚してくださったのね？」

「身分など問わぬ、大商人の娘ならば文化的な見識もありそうだと言ってくれました。ゴタゴタ続きで国内の芸術文化が衰退してしまったのをどうにかしたいと、それは熱心に」

「まぁ……確かに東大陸はここ百年ばかり戦争続きだったからな」

「それでこちらとの交流も滞ってしまったのね。確か、東大陸との交易は、帝国領の島々と細々続いているだけでしたわね、あなた」

「うむ。島と本土の交易も途絶えがちで、あまり利益にならない。あの島嶼《とうしょ》部はもともと東西交易の中継地点だからな」

「その辺りも改善したいって、クリスは言ってたわ。ねぇ、お父様。クリスはアネモス王国と友好関係を結びたくて、アネモスの女性を妻に迎えようと考えたの。さらに、妻とは仲良くしたいからって、わざわざ自分で探しに来たのよ。ふつうはそこまでしないでしょ」

「うむ……」

「クリスはわたしに一目惚れして、さらに理想の花嫁だと言ってくれた。わたしがデルミの娘でも全然かまわなかったんですって。でも、よく調べてみたら王女だったから、王女として迎えたほうが帝国でのわたしの立場が有利になるだろうって配慮してくれたのよ」

ニコラは熱心に訴える娘を眺め、せつなげに溜め息をついた。

「しかしなぁ。東大陸は遠すぎる。そんな遠方にかわいい娘を嫁にやるのは……どうにも気が進まん」

「まぁ、あなたったら。気がかりはそこなのね」

「交易が盛んになれば人の行き来も自然と増えるわ」

「しかし、そう簡単に里帰りというわけにはいくまい」

ぐずぐずと未練たらしく渋っていたニコラだったが、結局は根負けの態で承諾した。

「本当に、王命だからやむなく……ではないんだな?」

「違うわ、お父様。クリスのことが好きだから結婚したいの。彼の役に立ちたい。もちろん、アネモス王国の役にも立ちたいわ。お父様の商売にも。彼と結婚すれば、わたしはすべての願いを叶《かな》えられる。ただ……お父様たちの側にはいられなくなってしまうけど。それだけは、本当に寂しいわ……」

想像しただけで、鼻の奥がツンと痛くなる。

「私も寂しくてたまらないよ。……だが、子どもはいずれ巣立つものだ。まさかこれほど遠くへ行ってしまうとは思ってもみなかったが……」

「二度と会えないわけじゃないわ。会いに来てよ、お父様」

「ああ、そうだな。いつでもおまえに会いに行けるように、キュオン帝国との交易を盛んにしなければ」

マリーナが瞳を潤ませて頷く。

疾走する馬車のなかで、親子三人はしみじみと別れを惜しんだのだった。

翌日、キュオン帝国皇帝クリストフと、アネモス王国王女オリエッタの婚約が発表された。

デルミ商会の娘のはずのオリエッタが実は王女であったことには誰もが驚いたが、当時の状況や、ニコラ・デルミが国王だけでなく社会的にも信頼厚い人物であることから、人々は充分に納得した。

婚約が整うと、クリストフは艦隊の大部分を沖へと下がらせ、御座船《ござ》を兼ねた旗艦と数隻の護衛艦のみを港に停泊させた。

クリストフはすぐにでもオリエッタを連れ帰りたがったが、通商航海条約や和平条約の締結、オリエッタの王女教育、歓迎行事もろもろ、王都近郊の視察案内などで、結局、キュオン帝国に向けて出航したのは一か月後のことだった。

この間の一か月はまさに目の回るような忙しさだった。

オリエッタはもともと豪商の娘として、貴族令嬢並みの行儀作法とたしなみに加えて宝飾品や絵画などの鑑定や帳簿《ちょうぼ》のつけ方読み方などの実務教育も受けていた。

だが、一国の王女として嫁ぐからには王族としての作法も必要だということで、宮廷のベテラン女官やグラッィアーナ王妃から王族らしい受け答えや視線の向け方、会釈の仕方などを叩き込まれた。

視線なんかどこ見たっていいじゃないかと思ったが、王族ともなればそうはいかないらしい。つくづく、王宮外で自由気ままに暮らせたことをありがたく感じた。

王宮でずっと育ったら、窮屈で仕方がなかっただろう。

クリスは、適当にこなしておけばいいと言ってくれた。何よりオリエッタの自由闊達《じゆうかったつ》なところが好きなのだと言われてすごく嬉しかった。

それに甘えてはクリスが家臣から責められるかもしれないので、状況に応じておっとり猫をかぶれるようにしておきますっと告げると、『それもいいな』と彼は愉快そうに笑っていた。

マリーナはオリエッタに付き添って王宮へ上がり、結婚生活のコツとか閨《ねや》のことなどを色々と教えてくれた。

王女として復帰したオリエッタには王妃のグラッィアーナが継母《けいぼ》となるわけだが、やはり母と思えるのはマリーナだけだ。

それでもグラッィアーナ王妃と以前よりは打ち解けられてよかった。

やはり王妃は底意地が悪いわけでも狡猾《こうかつ》なのでもなく、むしろ深窓のお姫様育ちゆえに少しばかり素でズレたところがあるだけだった。

人質になると悲壮に言い出したのも完全に本気だった。

異母弟にあたる三人の王子とは、最初はお互い遠慮もあってぎくしゃくしてしまったが、一か月のうちにだいぶ親しくなれた。

これまでも、父ニコラに連れられて王宮に上がったときに何度か話したことはあったが、当時まだ王妃はわだかまりがあって、あまりいい顔をしなかったのだ。

過保護ぎみの兄ふたりに加え、それぞれ性格の違う弟がいきなり三人もできて、『姉上』と呼ばれるのはなんだかこそばゆいけれど、嬉しく、楽しかった。

そして一か月後。

実父の国王バジリオと養父のニコラが競うようにしてたっぷり持たせてくれた持参金と持参財を積み込み、キュオン帝国へ向けていよいよ出航の運びとなった。

オリエッタはクリストフに肩を抱かれ、甲板からずっと手を振っていた。見送りの人々の姿が芥子粒《けしつぶ》のようになって見えなくなると、寂しさが込み上げて思わず落涙してしまった。そんなオリエッタを、クリストフはあやすように優しく抱きしめてくれたのだった。

皇帝の御座船だけあって、船はとても豪華な造りだった。艦の後部の船尾楼には立派な続き部屋があり、オリエッタの荷物もそこへ運び込まれた。

寝室と居間、食堂、書斎、執務室などが効率的に配置されている。小さいながら浴室まであった。溜《た》めた雨水を沸かして使うのだ。

寝室の窓際にはクッションを敷いた物入れ兼用のベンチが据え置かれ、座って外を眺められる。天井からは銀の釣りランプが下がり、クローゼットの他に蓋つきの書き物机やキャビネットも備えつけられていた。

「思ったより快適そうでホッとしましたわ」

てきぱきと荷物を片づけながら言ったのは侍女のヴァンダ。ふたつ年上の二十歳だ。

十四のときからオリエッタの侍女として仕えている。今回キュオン帝国に嫁ぐに当たり、もしイヤでなければついてきてもらえないかしらと頼んだところ二つ返事であっさり承知してくれた。

「ヴァンダがついてきてくれて心強いわ。本当にありがとう」

「こちらこそ、お嬢様のおかげで異国へ行けるんですもの、ありがたいですわ」

男に生まれていたら絶対船乗りになったのに、というヴァンダは、もとは港をうろつく浮浪児だった。両親をなくし、引き取られた親戚にも冷たい仕打ちを受けて故郷の村を逃げ出した。

店頭から食べものをくすねたりしているうちに、ニコラに捕まり、商館に住み込みで下働きをするようになった。たまたま父に連れられて商館を訪れたオリエッタが彼女を気に入って自分の侍女にしたいとねだった。

それ以来、ヴァンダはオリエッタにとって侍女であると同時に姉のような存在だ。手先が器用で、ドレスの着付けも髪結いも安心して任せられる。目端が利き、情報通でもある。

「あ、いけない。お嬢様じゃなくて王女様でしたね」

「やめてよ。ヴァンダに王女様なんて呼ばれるとからかわれてるみたいだわ」

「そんなことありませんって。わたしの自慢のお嬢様が王女様だったんですもの。しかも、皇帝のお妃になるなんて、まるで物語みたい！　ワクワクしちゃいます。――さ、お妃様。晩餐のドレスはどれになさいますか？」

「まだお妃じゃないわよ、気が早いわね。……どれがいいかしら」

ヴァンダが並べたドレスは母が持たせてくれたものだ。他に王妃から贈られたドレスもたくさんある。

オリエッタは深い青のタフタ生地に薔薇色のレース飾りがついたものを選んだ。

時間になって皇帝専用の食堂へ行くと、先に来て船長と話していたクリストフが笑顔で立ち上がった。

「ああ、なんと美しいのだ、オリエッタ」

衒《てら》いもなく人前で絶賛されて頬を染める。船長のヘルベルト卿がきびきびと一礼した。

「では、失礼いたします。陛下、王女様」

会釈を返し、クリストフのエスコートで席に着きながらオリエッタは尋ねた。

「お邪魔してしまったかしら？」

「いや、もう済んだ。近いうちに船長や側近たちとの会食を予定しているので、その打ち合わせをちょっとな」

「わたしも同席するのですか？」

「当然だ。貴女の顔見せと歓迎のための会食なのだからな。本当は誰にも見せず、宝箱にしまっておきたいのだが」

きまじめな顔と口調からは冗談なのか本気なのか定かではないが、かなり本気度が高い気がする。

「今夜はふたりきりでゆっくり食事をしよう。このときを心待ちにしていた」

「そういえば、ふたりだけで食事をするのは初めてですね！」

婚約が整ってから出航までのあいだ、晩餐や昼餐《ちゆうさん》の機会は何度かあったが、国賓待遇となったキュオン皇帝をもてなすための催しだったから、ふたりきりというわけにはいかなかった。

むしろ、ふたりきりにならないよう見張られていた。クリスは王宮に来ると必ずオリエッタを訪ねてくれたが、いつもマリーナが側に控え、ヴァンダと王妃の意を受けた女官が目を光らせる他、屈強な侍従数名まで離れたところで待機するという警戒ぶり。

国交回復したばかりの遠国ゆえ、やはり全面的に信用することができないのだろう。

それでも、庭園を散策するときなどは腕を組めたのでオリエッタは満足していた。不満といえば、人目を憚ってか、手の甲か指先にしかキスしてくれないことだ。

そういう礼儀正しさが国王や父ニコラを始め、アネモス王国の重臣たちに好印象を与えたのはよかったけれど。

「やっとふたりきりでゆっくり過ごせる。狭苦しくて不自由だろうが、しばらく辛抱してくれ」

「そんなことないわ、とっても素敵なお部屋。わたし、父にせがんで一度だけ交易船に乗せてもらったことがあるの。そのときの船よりずっと大きくて立派です」

「王女を迎えるのにふさわしい船を選んだ」

クリストフは微笑み、オリエッタの左手を取ってうやうやしく指先にキスした。薬指には彼から贈られた大粒のエメラルドが嵌《は》まっている。東大陸には宝石や銀鉱山が豊富にあるという。

オリエッタに贈る以外にも、クリストフは結納金と友好の証を兼ねて王妃と国王にも宝飾品や上質な毛織物、絨毯《じゅうたん》などを気前よく贈った。

代わりに絵画や彫刻、家具などを船に積み込んだ。父ニコラが商会の威信をかけて選び抜いた逸品ぞろいだ。

「実は、この船の内装もデルミ商会に頼んで改装した」

「ああ、やっぱり。なんとなく壁紙の模様とか、見覚えがあるなと思ったんです」

「くつろいでもらえるよう、貴女の実家と似た雰囲気にするよう頼んだつもりなのだが……どうだろうか」

「はい！　素敵です。とても落ち着きますわ」

気遣いに嬉しくなってにこにこしていると、ぎゅっと手を握られた。真剣なクリストフの顔が近づいてきて、ドキドキしながら目を閉じた瞬間――。

ノックの音がして給仕が料理を運んできたので、慌てて座り直す。

ちらと横目で見ると、クリストフは謹厳そうな表情を取り繕《つくろ》いつつ、かすかに頬が赤らんでいるような……？

思わずウフフッとなるオリエッタの前に、様々な料理の載った皿が置かれていく。

この皿もアネモス王国で購入したものだ。帝国には陶器もガラス製品もあるが、質のよい磁器やクリスタルガラスはないそうだ。そういったものも厳重梱包《こんぽう》されて船倉に積まれている。

食事を作ったのは帝国の料理人だが、この一か月のあいだに王宮でアネモス料理を習い覚えてきた。それもオリエッタが故郷を懐かしがったときのためというクリストフの気遣いだが、好奇心旺盛で好き嫌いのほとんどないオリエッタは帝国の料理にも興味津々だ。

今夜の晩餐は完全にアネモス風で、もちろんとても美味《おい》しかったが、明日からは帝国料理も出してほしいと頼んだ。

ゆっくりと語らいながら気の置けない晩餐を済ませると、オリエッタは寝室に引き取って着替えと身繕いをした。

侍女のヴァンダがオリエッタの深い赤茶色《アガット》の髪をていねいにブラシで梳《す》き、高価なレースを多用した寝間着を着せてくれる。

「……透け透けすぎない？」

「いいえ、控え目なくらいです」

首を傾げるオリエッタに、ヴァンダは自信満々に言い切った。いや、どう考えても控え目ではないでしょ、と思いつつ、寝るだけだからいいか……と寝台に入る。

「では、おやすみなさいませ」

「おやすみ。ヴァンダもよく休んでね」

侍女が出て行くと、ふーっとオリエッタは吐息をついた。こぢんまりとした寝室は、三分の二くらいが巨大な寝台で占められている。

「……こんなに大きくなくてもいいのに」

縦も相当だが、横幅はオリエッタが二人、いや三人くらい並んで寝られそうなくらいある。他には小物を入れる小さな箪笥《たんす》と鍵のかかる貴重品入れ、抽斗《ひきだし》つきのサイドテーブル。ランプは壁に作り付けになっている。

まだ眠くないので、オリエッタは窓のカーテンを少し開けてみた。

月光を映す海面が見え、思い切って全部カーテンを開ける。角にある寝室は後方と舷側の両方に窓があり、ガラス越しの月光で室内はほんのりと明るくなった。

「綺麗《きれい》……！」

皓々《こうこう》とした月に照らされて揺れる水面が遥《はる》かに続いている。後方の窓から星空の彼方の水平線を眺めていると急に寂しさが込み上げて、瞳が潤んだ。

（アネモスが遠くなっていく……）

今度はいつ戻ってこられるのだろう。いや、二度と戻れないかもしれない。皇帝の妃となれば、そう簡単に里帰りなどできないだろう。

カーテンを押さえた手に、知らず力がこもった。

キュオン帝国に嫁ぐことを父ニコラが渋ったとき、オリエッタはクリスと結婚したい一心だった。

改めて求婚されてキスされて、かなり浮かれてもいた。

今になって父の気持ちがやっとわかった気がする。自分は本当に、遠い遠い海の彼方の国へ嫁ぐのだ――。

ノックもなく扉が開き、ハッとオリエッタは振り向いた。わずかに背を屈《かが》めて――そのままだと楣《まぐさ》にぶつかるので――クリストフが入ってくる。姿勢を戻してオリエッタに気付くと、彼は何故か衝撃を受けたかのように目を見開いた。

オリエッタのほうも彼が来るとは思わなかったので、しばしぽかんとしたまま固まっていた。

ぎこちない空気が流れ、やがて気を取り直したクリスが目を泳がせぎみに呟いた。

「そのような薄着で……風邪をひくぞ」

ハッとして自分の格好を見下ろし、オリエッタは真っ赤になった。

ただでさえ透け透けのレースの寝間着は、月光を受けて身体の線がはっきりと出てしまっている。しかも、窓に向かって身を乗り出し、カーテンを押さえるために腕を上げているので、必然的に胸元までくっきりと……。

「きゃああっ」

思わず悲鳴を上げると、クリストフは慌てて背を向けた。

「見ないから早くベッドに入れ!」

「はっ、はい」

急いでベッドにもぐり込むと、慌ただしい足音が聞こえてきた。

「陛下! いかがなさいました!? 王女様の悲鳴がしたようですが……」

警護兵たちが駆けつけてきたらしい。クリストフは頑健な体躯で入り口をふさぎながら、しかつめらしく頷いた。

「寝室にネズミが出たらしい」

「それはいけません、さっそく猫を手配します!」

「頼む」

兵士たちが下がると、彼はドアを閉め、肩ごしにそろそろと振り向いた。すでに寝台にもぐり込んだオリエッタは頭から夜具を引《ひ》っ被《かぶ》り、目だけを覗かせている。

クリストフは扉にもたれて溜め息をついた。

「すまん。脅かすつもりはなかったのだが」

「い、いえ……。ごめんなさい、叫んだりして。……あの、何かご用でしょうか」

「用というか……そろそろ寝ようかと思ってな」

「えっ？　あっ……ああっ！　ここはクリスの寝室だったのですね！　どうりでやけに大きな寝台だと思いました！　えっと、それではわたしはどこで休めば……？」

「いや、ここは貴女の寝室でもある。つまり私たちの共同の……だな」

ぽかんとするオリエッタに、クリストフは慌てて手を振った。

「いや！　私は居間のベンチで寝る。ゆっくり休んでくれ」

「ま、待ってください！　だったらわたしが――」

飛び起きると、慌てたせいで乱れた胸元にクリストフの視線が釘付《くぎづ》けになる。焦って夜具をかき集め、胸元を隠しながら寝台から出ようとすると、脚が絡まってドタッと落ちてしまった。

「オリエっ」

急いで飛んできたクリストフは、しどけない格好を見ないように必死に顔をそむけながらオリエッタを寝台に戻し、きっちりと夜具で覆った。

「す、すみません」

恥ずかしさに半泣きになってしまう。クリストフは寝台の端に腰掛けると苦笑してオリエッタの頬を撫でた。

「どうも行き違いがあったようだな。気にするな」

「ま、待って。皇帝陛下がベンチで寝るなんていけません」

「平気だよ。行軍中は地べたに転がって寝たこともあるしな」

「今は行軍中ではないですし！　ベンチなんかで寝てたらわたしが皇帝を寝室から追い出したと思われてしまいます」

「それは困るな。追い出されるのはかまわないが、貴女が悪女であるかのように誤解されては大変だ。――では、ここの床で寝るとしよう。ちょうどこの隙間がぴったりだ。船が揺れてオリエが落ちてきてもばっちり受け止められる」

本気で皇帝が壁と寝台の窮屈な隙間に横たわろうとしたので、オリエッタは慌てた。

「落ちる前につかまえてもらったほうが安心ですからっ、ちゃんと寝台で寝てくださいっ」

「……いいのか？」

「大丈夫です、なるべく端っこに寄ってお邪魔にならないようにしますから。寝相はそんなに悪くないはずなので、蹴飛ばしたりすることもないと思います！」

呆気に取られたクリストフが、くっくっと喉を鳴らして笑いだす。ぽん……と優しく頭を撫でられた。

「気遣いは嬉しいが、やはり別々に寝ることにしよう」

「あ、あの、わたし、一緒に寝るのがいやなわけでは決してなくて……ただその、お式を上げてから……と思っていたものですから……」

「わかってる。だが……正直に打ち明ければ、ただ一緒に寝るだけでは済みそうになくてな」

カーッと耳まで赤くなるオリエッタを、クリストフは愛《いと》おしそうに見つめた。

「貴女が愛らしすぎて、すべてを奪いたくなってしまう。今すぐに」

「あ……わ、わたし……は……」

「わかっている。結婚式が済んでから、だろう？　きちんと待つから安心しなさい」

「そ、そうではなく、て、ですね……。わたしはその……クリスに……ここ、に……いてほしい……です……」

羞恥に目を泳がせながらぎくしゃくと告げると、クリストフは真剣な顔つきになって、じっとオリエッタを見つめた。

「……私は何事も中途半端は嫌いだ。一度始めたら最後までする」

「っ……はい」

「焦ることはないのだぞ。お預けを食ったところで私の貴女への想いは揺るがない」

「わかってます！　でも、その、なんと言うか、わたし……急に不安になってしまって……」

「どうした。何が不安なのだ」

真摯に問われ、こくりと喉を震わせる。

「今さら……なんですけど……。すごく遠いところへお嫁に行くんだなって……。さっき夜の海を見ていたら、ふっと思ったんです。ひとりで——あ、ヴァンダが一緒に来てくれましたけど——知らない国へ行って、本当にやっていけるのかな、って……」

「オリエ」

　クリストフは優しくオリエッタの手を握りしめ、唇を押し当てた。

「不安を感じて当然だ。すまない、私の配慮が足りなかった」

「いいえ!　クリスにはすごく気遣ってもらっています。本当に……もったいないくらい。でも、やっぱり頼れるのは貴男だけだから……もっとクリスの近くにいたい、もっと近くに……感じたいって、思ってしまうの……。だから……ここにいてください」

「オリエ……!」

　感極まった呟きを洩らし、クリストフは夜具ごとオリエッタを抱きしめた。力強い抱擁に胸が高鳴る。どぎまぎしていると、身を起こしたクリストフが、さらに真剣な目付きで瞳を覗き込んだ。

「本当に、いいんだな」

「は、はい……っ」

「妻にするぞ?」

「してください……!」

決然と頷くと、彼はフッと笑ってふたたびオリエッタを抱きしめた。

「まったく。惚れ直してしまったではないか」

「わ、わたしもです……」

おずおずと囁いた唇を、優しくふさがれた。

甘やかすようなキスが次第に深く、濃厚になってゆく。オリエッタはうっとりと夢見心地で口腔《こうこう》を探られるに任せた。

滑り込んだ肉厚の舌が、どうしていいかわからずにいるオリエッタの舌をぞろりと擦り、誘い出すようにちゅぷりと吸った。

「ん……ッ」

甘えるような鼻声が洩れ、うっすら頬を染める。シャツの上から彼の肩に手を添え、逞《たくま》しい背中へと指を滑らせた。

引き締まった筋肉のしっかりした手触りに、驚きと同時に安堵を覚えた。広い胸板にすっぽりと包まれる感覚にうっとりしてしまう。

クリストフは思う存分口腔を征服しつくすと、唇を唾液で濡《ぬ》らし、とろんと瞳を潤ませるオリエッタを情欲にぬめる瞳で熱っぽく見つめた。

「愛らしくも闊達な貴女が、このように色っぽい顔をするとは……。どこまで私を夢中にさせたら気が済むのだ?」

「あ……そんな……」

大きく胸を喘がせると、夜具をばさりと払いのけてクリストフはなまめかしいレースの寝間着をじっくりと眺めた。

「こんな薄物をまとって。てっきり誘惑しているのかと思ったぞ」

「こ、これは、ヴァンダが……」

「小賢《こざか》しい侍女め」

罵《ののし》りながら、彼の口調はむしろ上機嫌だ。

「なんと淫らな。乳首が完全に透けて見えるぞ」

「ええっ!?」

「いつもこのような色っぽい寝間着で休むのか?」

「ち、違います、こんなのは初めて着ました!　お気に召さないならもう二度と——」

「いや、気に入った。これからもこういうのを着なさい」

「は、はい……」

クリスが喜ぶなら……着てもいいわ。すごく恥ずかしいけど……。

きゅんとお腹《なか》の奥が疼《うず》き、オリエッタは無意識にもじもじと腿《もも》を擦り合わせた。

レースの寝間着はボタン留めではなく、サテンのリボンで前の合わせを何カ所か結ぶようになっている。そのひとつひとつを、焦らすようにゆっくりとクリストフは解いていった。

すべてのリボンが解かれ、そっと寝間着を捲《まく》られる。胸が露出する感覚に、思わず目を閉じてしまう。覚悟と期待半々で待ち受けるも、いつまで経ってもクリストフは触れてこない。

おそるおそる目を開けると、彼は食い入るようにじーっとオリエッタの胸を見つめていた。

（な、何か変なのかしら……⁉）

焦っていると、クリストフがぽつりと呟いた。

「……かわいい」

「えっ……」

「こんなに愛らしく、そそられる乳房が存在するとは……。これこそ芸術品だ」

「それは違うと思います！」

「違わない。オリエ、貴女こそ私の至高の芸術品だ」

ひしっ！　と抱きしめられてオリエッタは目を白黒させた。喜んでもらえたのは嬉しいけれど……ちょっと大げさすぎやしない？

と、いきなりちゅうっと乳首を吸われて仰天する。

「ひゃっ⁉」

「すまん、痛かったか？」

「い、いえ、びっくりした、だけ……」

ぺろ、と詫《わ》びるようにていねいに乳首周りを舐《な》められて、オリエッタは顔を赤らめた。

「や……っ。く、くすぐったいわ、クリスっ……」

「尖ってきた。ますますかわいい」

ころころと転がすように舌先でなぶられ、思わず肩を掴んで揺すった。

「やん！　くすぐったいですってば」

抗議してもかまわず乳首を舐めしゃぶられる。さらに大きな掌で両方の乳房をがっしりと包んで捏《こ》ね回された。

円を描くようにぐにぐに揉《も》まれると、さっきからぞわぞわしていたお腹の奥がさらに疼き、ちくちくと針で刺されるみたいに痛痒《いたがゆ》くなった。

「もうっ、クリスってば赤ちゃんみたい」

「子が生まれるまでは私が独占させてもらう」

ますます上機嫌に宣言すると、クリストフは大きく舌を出してれろれろと乳首を舐《な》め回した。威厳ある凛々しい皇帝陛下が自分の胸元に顔を埋めているのがなんだかかわいく思えてきて、オリエッタはうっとりと彼の背中を撫でた。

ツンと尖ってしまった先端は、舐められるほどに敏感になって落ち着かない気分になる。

（やだ……。なんだか変な……感じ……）

ただくすぐったいだけだったのが、次第に甘くせつない感覚に変わり始めてとまどっていると、クリストフは乳房を揉んでいた手をずらし、お尻や腿を撫で始めた。

「ぁんッ」

腿の内側を撫でられると、ぞくぞくっと刺激が駆け上がってオリエッタはぎゅっと眉根を寄せた。

過敏な反応に気をよくしたように、クリストフは何度も内腿を撫で上げる。

「だ、だめ、クリス……。それされると……すごく変な感じがするの……」

「変な感じとは？」

「痺《しび》れるみたいな……？　ぞくぞくして、鳥肌がたつみたいな……。あっ、だめ」

羽毛のような軽いタッチに、ツキンと内奥が疼く。思わず甲高い声を上げて顎を反らすと、クリストフが呟いた。

「……濡れてるな」

いつのまにか脚を大きく割られ、しげしげと秘処を覗き込まれている。焦って脚を閉じようとすると、逆に膝を掴んでさらに押し広げられた。

「いひゃぁんっ」

焦るあまり変な声が出てしまい、真っ赤になってオリエッタは口を押さえた。

（うう……恥ずかしい）

そんなとこじっくり見ないでほしかったが、彼が見たいのなら仕方ない……という気もする。

だが、見るだけでは済まなかった。羞恥に耐えていると、いきなり秘裂を熱い刺激が襲ったのだ。

「やぁっ、舐めちゃダメ!　き、汚いですっ」

「きれいだ」

こともなげに言って、つんつんと舌先で花芽を突《つ》つかれる。

「ひんッ」

びりりっと強い刺激が走り、オリエッタはぎゅっと握った両手を口許に押しつけた。

浴室で腰湯は使ったけれど、やはりそこは排泄《はいせつ》に使う場所だという意識が勝る。

クリストフはそんなことは気にも留《と》めず、乳首を舐めたときと同じように熱意を込めて丁寧に柔肉をねぶり続けた。

(ああ……。お腹の奥が……変……)

充血してふくらんだ花芽を吸いながら、蜜口を舌先で探られる。目の前がチカッと光り、オリエッタは大きく喘ぎながら無意識に身体をくねらせた。

「ぁ、ぁ、ぁ——……ッ……!」

きゅううっと下腹部がねじれるような感覚に襲われ、つかのま意識が空白になる。

ひくひくと花肉が蠢《うごめ》くのを感じ、呆然としていると、身体を起こしたクリストフが満足そうな顔で舌なめずりをした。

「達《イ》ったな」

「……？」

「気持ちよかったのだろう？」

先ほどの感覚を思い浮かべ、頬を染めてオリエッタは頷いた。

そう……あれは確かに『気持ちいい』としかいいようのない感覚だ。

「はい……」

腕を伸ばし、クリストフの引き締まった頬にそっと触れる。

「すごく……気持ちよかったです……」

微笑んだ彼が身をかがめると、オリエッタは自ら唇を合わせた。

この唇が、この舌が、自分の秘処をまさぐったのだと思えば、はしたなくも倒錯的な昂奮を覚えてしまう。

おずおずと不器用に唇を吸うオリエッタの様子に、クリストフは目を細めた。彼は不慣れなくちづけに応えながら、今度は指先でオリエッタの秘処を愛撫《あいぶ》し始めた。

蜜に濡れた花芯をくりくりと捏ね回し、誘い出した蜜を絡めながらさらに根元から先端へと撫で上げる。

（あ……。指、が……）

くちゅ、と蜜口に指先が沈む。

オリエッタの唇を舐め吸いながら、彼は慎重に指を進めた。初めて異物に侵入された隘路《あいろ》が頑なな反応を返してくるのをなだめるように、うぶ襞を掻《か》き分けてゆく。

関節が媚壁をこする感覚に、うっすらと冷や汗が浮かぶ。ぎゅっとしがみつくと、濡れた目元にくちづけてクリストフが囁いた。

「痛いか？」

「ん、んっ」

ふるっとかぶりを振ると、甘やかすように睫毛《まつげ》を吸われた。

「がまんしなくていい。やめられないが……待つことはできる」

オリエッタは頬をすり寄せた。

「だいじょ、ぶ……」

「最初は痛いらしい」

「お母様も、そう言ってたわ……」

「無理そうなら遠慮せずに言うんだぞ？」

こくりと頷くと、彼は挿入した指をゆっくりと抜き差し始めた。

「できるだけ慣らしておこうな」

くちゅくちゅと愛蜜のかき混ぜられる音が狭い寝室に淫らに響く。

航行する船が軋む音。

ゆったりとした揺れに合わせるように、クリストフの長く武骨な指が繊細な襞を拓《ひら》いてゆく。

「……付け根まで入った」

囁かれて頷いたが、入り口付近が引き攣るような感覚以外はぼんやりとしてよくわからない。

彼は指を前後させながら親指で優しく媚蕾を捏ね回した。

「んッ」

「やはりここが一番感じるか」

「あ……んん」

ぞくぞくと身を震わせながら頷く。

やがて快感が弾けて、根元まで銜《くわ》え込んだ指を締めつけた。

ゆっくりと指が抜かれる感覚に、切ない疼きが生まれる。思わずせがむように彼を見つめると、優しく微笑んで額にくちづけられた。

ゆっくりと息づいている花びらのあわいに、熱く固いものが滑り込む。ハッとした刹那、身構える暇もなくオリエッタは滾《たぎ》る熱杭で深々と貫かれていた。

「い……ッ」

生理的な涙が瞳に膜を張る。

くっ、と寄せられた眉間に、優しくキスが落ちた。

「すまない」

詰めていた息をゆるゆるほどき、オリエッタはぎゅっとクリストフにしがみついた。

熱い彼自身が胎内で脈打っている。こんな奥深い場所で彼の存在を感じるのがひどく不思議だった。

「……わたし、クリスの妻になったのね？」

「ああ、そうだ」

「嬉しい！」

思わずぎゅっと抱きついてしまう。

その背を彼の大きな掌が優しく撫でた。

「大好き……。愛してるわ、クリス」

「ああ、オリエ。私もだ。貴女がかわいくて、愛しくてたまらないよ」

想いを込めたくちづけに、嬉《うれ》し涙《なみだ》がこぼれる。

幾度となく甘い接吻を繰り返し、クリストフはゆっくりと腰を揺らし始めた。

不慣れな花筒も次第にほころび、滴る蜜に雄茎の抽挿も勢いを増す。

「あ。あ。あんッ……ん……っ」

ずぷずぷと突き上げられ、破瓜《はか》の痛みは痺れるような快感へと塗り替えられていった。

頑健な身体にしがみつき、無我夢中で腰を振る。

彼の熱い吐息が耳元で聞こえ、クラクラと眩暈がした。

奥処を突かれるたび、腹底に甘だるい快感が響く。一突きごとに先端がさらなる深みへと分け入ってくるようだ。

オリエッタは朦朧《もうろう》としたまま二度目の絶頂に達した。痙攣《けいれん》する蜜襞に猛《たけ》る雄茎を締めつけられ、クリストフが心地よさげに吐息を洩らす。

「ああ、オリエ。たまらなく心地いいぞ……」

官能的な囁きが鼓膜を揺らし、ぞくぞくしてしまう。未《いま》だ戦慄《わなな》きを繰り返す媚肉がさらにうねり、ますます怒張した太棹に淫靡《いんび》にまとわりついた。

「あ……わた……しも……っ」

内奥の疼きに耐えられず喘ぎながら彼の腰に脚を絡めると、噛《か》みつくように唇をふさがれた。舌を絡め、激しく吸われて潤んだ瞳から涙がこぼれる。

クリストフは上体を起こし、両手でオリエッタの乳房を掴んでぐにぐにと揉みしだきながら、密着した腰を抉《えぐ》るように打ちつけた。

抽挿に連れて腰が持ち上がり、結合部分があらわになる。

自分のこぼした蜜でしとどに濡れた太棹が、花襞のあわいを出入りする様を、頬を染めて見つめていると、クリストフがニヤリとした。

「どうした？　そのようにしげしげと見つめて」

「あ……。なんだか、不思議で。こんなに……大きいものが、よく入るな、って」

正直な述懐にクリストフは機嫌よく笑った。

「貴女が受け入れてくれたからこそ、だよ」

「そう……なの？」

「貴女の柔軟な花びらが、ぴったりと私を包んでくれている。たまらない心地よさだ」

嬉しくなってオリエッタはくふんと笑った。

甘いくちづけを交わしながらぐりぐりと腰を押し回され、痺れるような快感に何度も意識が飛んでしまう。ひくひくと戦慄き続ける媚肉を、クリストフは執拗《しつよう》に穿《うが》ち続けた。

熱っぽい吐息が次第に荒くなり、やがて彼は歯噛《はが》みするように呻《うめ》いた。

「オリエ……出すぞっ……」

意味もよくわからないまま、がくがくと頷く。

刺突がひときわ激しくなったかと思うと、ぐっと腰を押しつけられ、同時に熱いものが胎内で弾けた。

びゅくびゅくと断続的に噴出する熱液が、恍惚《こうこつ》に戦慄く濡れ襞をさらに熱く濡らしてゆく。

何度か腰を押しつけて精を出し切ると、満足げな溜め息をついてクリストフは雄芯を引き抜いた。

ぽかりと空洞が生まれたような感覚に、しばしぼんやり放心する。傍らに横たわったクリストフが優しく抱きしめながら囁いた。

「……すごく悦《よ》かった」

甘い囁きに微笑んで、裸身をすり寄せる。

「本当?」

「ああ、もちろんだ。オリエは?」

「悦かったわ、とても」

「わたしも」

「痛かっただろう」

我に返った風情《ふぜい》で、すまなそうにクリストフが眉尻を垂れる。

「ちょっと……ね。でも気持ちよかった」

ちょっとよりも、もう少し痛かったけれど……気持ちよかったのは本当のこと。

「かわいいオリエ。貴女が愛しくてたまらないよ」

囁きながら何度もくちづけられる。

衒いのない睦言《むつごと》にうっとりしながら、オリエッタは心地よい疲労とともに深い眠りの淵《ふち》へと沈んでいった。

第三章　宮廷生活の始まり

航海は順調そのものだった。雨風で多少揺れることはあっても、ひどい時化《しけ》や嵐には遭わずに済んだ。

アネモス王国とキュオン帝国の間にはいくつかの島がある。アネモス領の最後の島で補給をして出航すると、これで本当に故国とお別れだという感慨でオリエッタは目頭が熱くなった。

同時に、さばさばした気分でもあった。寂しさに区切りがつき、今後に期待する気持ちが高まる。愛する人と新天地で築く未来。そう思えばワクワクする。

帝国領の島々にも補給のために寄港したが、上陸はしなかった。本国との交流が長年途絶えていたため、島の太守《たいしゅ》が独立領主化しているという。

表面上は服従の態度を見せているが、まだ信用が置けないので用心のため……とのこと。密輸基地、あるいは海賊の根城になっている疑いもある。

皇帝クリストフにとってはこれらの島々の帝国への再統合も課題のひとつで、アネモスとの交易再開を機に取り組みたいと考えているそうだ。

帝国本土への到着にはアネモス王国を出航してからおよそ一か月半ほどかかった。

往路よりも頻繁にあちこち寄港したそうだが、順風でもこれだけかかるのだ。約束から二か月ちょっとでクリストフが戻ってきたのは奇跡としか思えない。

往復するだけでも大変なのに、オリエッタの身元調査や、家臣たちの説得など、しなければならないことが山積みだったはず。

貴女に逢いたい一心でな……と照れくさそうに笑うクリストフに、またもオリエッタは惚れ直してしまった。

上陸した港町から内陸にある帝都までは、さらに馬車で一週間かかった。

クリストフは前回帰国した際には帝都までは戻らず、船から伝書鳩《でんしょばと》を飛ばして重臣たちを港町へ呼び寄せて結婚について諮《はか》ったそうだ。

もともとアネモスとの和平条約締結と交易再開については合意ができていた。オリエッタが王女であったことから反対意見が出ることもなく、クリストフは急いでアネモスへ取って返したのだった。

港町から帝都までは大河に沿って街道が整備されており、旅は快適だった。

石畳の道は余裕で馬車がすれ違える幅があり、歩行者用の道も別に作られている。街道沿いにはリンゴやモモの木が植えられて、旅人は自由にもいで食べていいのだそうだ。

馬車道は盛り土をした土手に作られていて、河を行き来する運搬船や渡し船を眺められる。

帝都から河口の港町へ向かう場合には船で下るのだとクリストフが教えてくれた。確かにそのほうがずっと早そうだ。

特に珍しかったのは船に蜂の巣を積んで岸辺を移動する養蜂船だった。蜂蜜が大好きだというオリエッタのために、クリストフは採れたての蜂蜜を船主から買い上げた。

皇帝の馬車を見かけると、人々は笑顔で手や帽子を振った。皇帝の人気が高いのだと知ってオリエッタは嬉しくなった。

長い戦争で荒れ果てた国という思い込みに反してキュオン帝国の風景はとても美しかった。

東大陸全土にわたる戦乱は、十五年ほど前、クリストフの祖父の代に決着がついていた。

祖父と父は荒れた国土の復興に力を尽くし、クリストフの代になってようやく国内整備の目《め》処《ど》が立って、西方諸大陸との交易再開を考える余裕ができたのだ。

旅の途中で宿をとった領主館では、どこでも大歓迎を受けた。外国へ目を向ける気持ちの余裕ができ、みな興味津々なのだ。

そして、いよいよ帝都が見えてきた。

戦乱の名残か、街は高い城壁で囲まれていたが、城門は大きく開け放たれている。城壁には帝国旗とアネモス王国旗が垂らされ、花やリボンで飾られている。

門の周囲には礼装姿の騎士や兵士たちが並び、その後ろにはたくさんの人が詰めかけて皇帝と花嫁の到着を待ち構えていた。

皇帝の馬車が近づいていくと、ラッパが鳴り、太鼓が打ち鳴らされ、わーっと人々の歓声が上がる。門の上から花びらが振りまかれる中を、馬車は軽快に走り抜けた。

緊張しながらも笑顔でオリエッタは人々に手を振った。クリストフも悠然とした微笑を浮かべて手を振っている。

皇帝陛下万歳、皇妃様万歳、の声があちこちで上がった。門から宮殿へ続く通り沿いにはずらりと見物人が並び、建物の窓にも人々が鈴なりになって花を投げている。

「こんなに歓迎してもらえるなんて……感激です」

「この結婚にはみな喜んでいる。いわば我が国の復興と発展の象徴なのだ」

嬉しい。だが、責任の重さも感じた。

「……わたし、うまくできるかしら」

不安になって思わず洩らすと、クリストフが肩を抱いた。

「貴女なら大丈夫だ。それに、貴女はひとりではない。私が付いている」

「ずっと一緒ね？」

「改めて誓おう。いついかなるときも貴女を守り、貴女に尽くし、貴女を尊ぶと」

「わたしも誓います」

唇を合わせると、窓越しにそれを見た人々がひときわ大きな歓声を上げる。

馬車は花びらと歓声を後に従えて、宮殿の門をくぐった。

キュオン帝国の宮殿は、優美華麗なアネモス王国の宮殿とは違い、造りが直線的なこともあって質実剛健という雰囲気だった。

クリストフに手を取られて馬車から降り立つと、宮殿の入り口には重臣や側近、お仕着せの侍従、女官などがずらりと並んでいた。

豪商とはいえ平民育ちであるオリエッタは、仰々しいお出迎えにはやはり緊張してしまう。王女としての教育も受けたけれど、たった一か月の付け焼き刃だ。

思わずこくりと喉を鳴らすと、気付いたクリストフがそっと手を握ってくれた。優しく微笑んで『大丈夫だ』と頷かれる。

頷き返してオリエッタは自らに気合を入れた。

(大丈夫！　王妃様からも合格をいただけたんだし)

実際にはギリギリで、『まぁ、おまけして……』と王妃が呟いたことは考えないでおこう。

待ち構えていた重臣たちの挨拶を受け、宮殿へ足を踏み入れる。

丸天井の巨大なホールに入ると、さらに別の一団が控えていた。豪華なドレスをまとった若い女性がひとりだけ前に出ている。

「出迎えご苦労、ティアナ」

「お帰りなさいませ、お兄様」

跪《ひざまず》いて頭を下げたのは、オリエッタよりもひとつふたつ年下と思しき少女だった。

皇妹のティアナ皇女だ。ミルクブラウンの豊かな巻き毛に、兄とよく似た群青色の瞳をしている。年は確か十六歳――。

侍女に手を取られて立ち上がった皇女は、にこりともせずオリエッタを横目で見た。

顔立ちは整っているのだが、ティアナ皇女はかなりのぽっちゃり体型であった。背はオリエッタよりいくらか低いのに、横幅は一・五倍くらいありそうだ。

クリストフは、どこか扱いあぐねるような調子で続けた。

「あー……、元気そうだな?」

「おかげさまでますます元気ですわ。ご覧のとおり」

とげとげしく皇女は言い返した。返す言葉に詰まり、クリストフは引き攣りぎみに苦笑した。

「そ、そうか。それは何より……だ」

立て続けに咳払いをすると、クリストフはしかつめらしい顔でオリエッタを示した。

「こちらがアネモス王国のオリエッタ王女だ。はるばる我が国に嫁いできてくれた。オリエッタ、妹のティアナだ」

「初めまして、ティアナ様。よろしくお願いします」

精一杯愛想よく微笑んで、ドレスを摘まんでお辞儀をする。

皇女は不機嫌そうに眉根を寄せてそっぽを向きながらぼそっと返した。

「……よろしく」

「こら、行儀が悪いぞ。――無愛想な奴ですまない、オリエッタ。悪く思わないでくれ」

「いえ、そんな」

「では、失礼します」

「おい、どこへ行く」

さっと踵《きびす》を返した皇女は、肩ごしにちらと振り向いた。

「挨拶は済みましたので……。長旅でお疲れでしょうし」

ぶっきらぼうに会釈して、皇女はお供の女官を引き連れて去っていった。

クリストフは溜め息をつき、頭を掻いた。

「やれやれ」

「……嫌われてしまったでしょうか」

「いや、妹は内気で人見知りでな……。誰に対してもあんな感じなのだ。気にしないでくれ」

頷きながらも、やはり気になる。

クリストフの両親はすでに亡く、身内は妹ひとりだと聞いている。年が十一も離れており、物心つく頃に母親は他界した。

父皇帝も皇太子である兄クリストフも共に忙しく、あまりかまってやれなかったそうだ。

小さい頃にあやしてやろうと抱き上げたとたん『怖いー!』と泣きわめかれたことが何度もあり、あまり近寄らないようにしたのがよくなかったのかもしれない……と船の中で彼は洩らしていた。

「仲良くしたいわ。わたし、妹がいないし」

「ああ、そうしてくれると助かる」

末っ子として兄たちに可愛がられ、王女に復帰してからは腹違いの弟が三人もできた。侍女のヴァンダは姉のような存在。自分自身がいままで妹の立場だったので、接し方がよくわからない。

だが、一か月で別れた異母弟たちとは違って、これからずっと自分はここで暮らすのだ。皇女であるティアナはいずれどこかに嫁ぐのだろうが、それまでに打ち解けたい。今まで大歓迎ムード一辺倒だったので、彼女のぶっきらぼうな態度がかえって新鮮に思える。オリエッタはひそかに奮起し、義妹と打ち解けることを当面の目標と決めたのだった。

その後、今後の住まいとなる宮殿へ案内され、お付きの女官や侍従との顔合わせなどで、あっというまに時間が過ぎた。

広々とした宮殿はオリエッタの感覚からすると古風な雰囲気だが、とても気に入った。

クリストフは好きに改装していいと言ってくれたが、このままでも充分居心地は良い。

私的空間は少し天井が低めで半円形の窓が特徴的だ。もとは要塞だったのを改装したそうで、壁はかなり分厚い。冬は冷えるため暖炉は大きく、美しい釉薬《ゆうやく》タイルが貼られていた。

この宮殿はまるごとひとつ皇妃のもので、皇帝の宮殿より一回り小さい。

南北で隣接しているとはいえ、別居なの⁉　と驚きがっかりするオリエッタにクリストフはニヤリとして、皇妃の寝室の隅に向かった。

そこは等身大の大きな鏡が作り付けになっているのだが、右側の燭台を回すとカチッと音がして鏡がずれた。

「扉なのね！」

冒険小説みたい！　とワクワクしてオリエッタは歓声を上げた。

燭台を持ったクリストフに手を引かれ、階段を降りる。天井はかろうじて彼の頭がぶつからない高さがある。

「以前はだいぶ低くてな。かがまないといけなくて不便なので改装した」

補強の柱を入れて天井を高くし、壁と天井の間に明かり取りの窓を設けた。

「窓があるということは地面に近いのね。上はどうなってるの？」

「花壇だな。外からは窓があることに気付かれにくいようにしてある」

通路の床には絨毯が敷かれ、壁は板張りになっている。幅は狭いがふつうの廊下みたいだ。

少し行くと短い上りの階段があって、突き当たりの扉を開けると重厚な趣の寝室だった。

「こっちが私の寝室だ」

「秘密の通路で繋がってるわけね！」

「今は秘密というわけでもないが。ここを通ればいつでも行き来できるし、喧嘩《けんか》したときは別々に休めるというわけだ」

ニヤリとするクリストフに、オリエッタはくすくす笑った。

「用意のいいこと」

「貴女に締め出されたら、許してもらえるまで階段で寝ることにしよう」

クリストフはオリエッタを背後から抱きしめ、うなじにチュッとキスした。

「皇帝陛下を階段で寝かせたりしないわよ。……でも、寝室が別ってことは、別々に休むのがふつうなの？」

「そんなことはないさ。好きに行き来していい。ただ、結婚式が済むまでは寝室は別にするというしきたりでな。実情はともかく、形式的には起居《ききょ》は別々にしないといけないんだ」

オリエッタは仄《ほの》かに顔を赤らめた。アネモスを船出した夜にクリストフを受け入れて以来、すでに何度も抱かれている。

「お式まではダメ……ってこと？」

「だからこそ、この通路があるんじゃないか」

クリストフは思わせぶりに囁き、そっとオリエッタの胸元をまさぐった。

船上では三日と空けずに愛し合ったが、陸路に入ってからは一緒に眠るだけだった。いくら整備された街道でも、馬車での長距離移動はやはり疲れる。

クリストフはオリエッタの体調を気遣い、添い寝に徹してくれたのだが、領主館で会議が開かれて夜遅くなることもよくあった。

皇帝自らが花嫁探しと結婚の段取りのために留守したことで、いろいろと政務が溜まっているらしい。外遊できるほど安定したとは言っても、やはり皇帝の指示や決済が必要なことは多いのだ。

「ん……」

深くくちづけられ、やわやわと胸を揉まれてオリエッタは喘いだ。

「ダメ、まだ昼間よ……？」

「とても夜まで待てない。もう一週間以上も貴女に触れていないのだぞ」

「で、でも……。こんな時間から寝台が乱れているのを召使に見られるのは……恥ずかしいわ」

「だったらここで」

手を引いてつれていかれたのは、窓際に設《しつら》えられた物入れ兼用のベンチだった。横になって休めるくらいの奥行きがある。

クリストフはそこに座るとオリエッタを膝に乗せた。

濃厚なくちづけを重ねるうちに身体が火照り、内奥が疼き始める。クリストフに愛される悦《よろこ》びを、すでにオリエッタの身体は覚え込んでしまった。

「膝を跨《また》いで」

耳元で囁かれ、顔を赤らめながらドレスの裾を持ち上げて彼の膝を跨ぐ。

はしたない格好に、誰かに見られたらどうしようと背後が気になって仕方がない。

皇帝は今、皇妃の宮殿にいることになっているから、掃除とかで使用人が入ってくるかも……と思うとひやひやしてしまう。

クリストフは一向に気にせずドレスの下に手を入れ、無遠慮にお尻を撫でてきた。

「ひゃっ……」

不意打ちに驚いてすくみ上がると、抗議の声を封じるように唇をふさがれてしまう。ぬるりと入り込んだ熱い舌が絡みつき、じゅうっと唾液ごと吸われる。

「んぅ……っ、んんっ……ふ、ぅ……」

わざとのようにぴちゃぴちゃと舌を鳴らされ、羞恥と昂奮で瞳が潤んだ。

うなじに腕を回し、しがみつくようにくちづけを交わす。

お尻を撫でていた大きな掌が、下穿《したば》きをかいくぐって秘裂に触れた。すでにそこは期待するように潤沢な蜜を蓄えていた。

少し冷たい指先が蜜溜まりにとぷんと沈む。

ビクッとオリエッタは肩をすぼめた。探り当てた花芯をくすぐるように撫で回しながら、クリストフは執拗にオリエッタの舌を吸う。

「んん、んッ……」

舌を吸いねぶられながら、少しでも快感を逃そうと腰を浮かしても、即座に引き寄せられてしまう。

結局オリエッタは濃密なくちづけを交わしながら絶頂を迎えた。

ひくひくと痙攣する花襞を、クリストフが愛おしげに撫でる。彼の膝にぺたりと座り込み、逞しい肩に縋《すが》ってオリエッタははぁはぁ喘いだ。

その顎を掬い、じっくりと眺めながらキュオンの皇帝陛下は満足そうに微笑んだ。

「愛らしさはそのままに、このように淫らな顔をするとはな」

「……っ、クリス……が、いじめる、からっ……」

「はて。いじめるとは、こういうことか？」

愉《たの》しげに笑って、彼は濡れた指をひくつく蜜口に滑り込ませた。

「ひンっ」

節高の指がずぷりと突きたてられ、びくりと背をしならせる。

追い立てるように激しく前後されて、オリエッタはたちまち二度目の絶頂へと駆け上がった。

「ぁ……ぅう……」

悦びにさもしく疼く媚肉をもてあまし、涙ぐむ。痙攣し続ける蜜襞から指が抜かれると、代わって熱く滾った屹立《きつりつ》が押し当てられた。

「や……。ま、っ――」

哀願を無視して、ひときわ太く張り出した先端が押し入ってくる。腰を支えていた手がゆるみ、そのまま自重で根元まで深々と太棹を呑み込んでしまった。

「ひッ……！」

衝撃に蜂蜜色《ハニーイエロー》の瞳を見開く。

ごりっ……と先端で奥処を抉られる感覚に息が詰まる。

なだめるように甘くくちづけられ、ゆるゆると息を解いたが、ホッとする暇もなく激しい抽挿が始まった。

「ひぁあ!?　あっ、あっ、あんんっ……！」

剛直に貫かれた腰が跳ねるたび、ぱちゅぱちゅと淫らな交接音が上がる。

こうなればもう彼のなすがまま、突き上げられて喘ぐほかにできることはない。

「はっ、あっ、あんっ、や……ぁッ、クリ、ス……！　激し……っ」

「……どうやら思った以上に溜まっていたようだ」

彼は独りごちるとオリエッタを抱え直し、さらに勇壮に腰を打ちつけた。

「んくっ、んん、はんッ……」

愉悦の涙を散らし、がくがくと力なく首を振りながらオリエッタは急速に上り詰めていった。

「あ……ぁ……ぁ……！　い……ッく……、ぃく……の……っ」

下腹部がきゅうきゅうと絞られるように激しく疼く。オリエッタはクリストフの肩にしがみついて三度目の絶頂を迎えた。びくっ、びくんっと不規則に身体が跳ねる。

「ふ……ぅ……」

じん……と花肉が痺れ、甘い陶酔に芯から蕩《とろ》けてしまいそうだ。

「ん……」

唇を塞がれ、食《は》むように貪られる。オリエッタは彼の頬に手を添え、無我夢中で舌を絡めた。互いの舌を吸い合ううちに、ふたたび恍惚となってしまい、雄茎を銜え込んだ媚肉が淫らに蠕《ぜん》動《どう》した。

「……溜まっていたのは私だけではなさそうだな？」

くっくと機嫌よく喉を鳴らされ、オリエッタは目許を赤らめて彼を睨んだ。

「クリスのせいだわ。破廉恥なことばっかりするから……っ」

「貴女がかわいすぎるのがいけない」

ぬけぬけと言って彼は挑発するように腰を揺らした。締まった先端でごりごりと奥処を突つかれ、羞恥と快感とで涙目になってしまう。

「だ、だめっ……も……っ」

「まだ達けるだろう？　さぁ、貴女の淫らでかわいい顔をもっと見せてくれ」

甘い誘惑の囁きに脳髄が蕩けてしまいそう……。オリエッタは促されるまま自らくなくなと腰を振った。

（ど……しよう……。気持ちいい……）

はっはっ、と絶え間なく熱い吐息を洩らしながら腰を前後させる。自慰に耽《ふけ》るかのように快感を追い求めるオリエッタの背を、クリストフは愛おしげに撫でさすった。

恍惚を極めるたびに、より深い場所が疼き始める。下がってきた子宮口を先端がノックすると、ひときわ濃密な滴りが鈴口からあふれる蜜と混じり合った。

「オリエ……」

呻くように囁いたクリストフに、きつく抱きしめられる。彼は広い胸元にオリエッタを封じ込め、ずくずくと腰を突き上げた。

ぎゅっと閉じた眼窩《がんか》の奥で火花が散る。

（あ……。来る……っ）

ひときわ大きな絶頂の波が押し寄せる予感に、ぞわりと鳥肌が立つような感覚に襲われる。

クリストフが歯噛みするように呻いた。

熱い飛沫《しぶき》を浴びせられた媚壁がビクビクと痙攣し、オリエッタは彼にしがみついて、めくるめく恍惚に身をゆだねた。

白く飛んでいた意識がやっと戻ってきて濡れた吐息を洩らすと、詫びるようにクリストフが唇を重ねた。ついばむようなくちづけを繰り返しながら、彼は甘く囁いた。

「すまない。オリエの花びらはいつも悦すぎて、つい夢中になってしまう」

「満足した……？」

「やっと半分、ってとこか。心残りだが、あとは夜のお楽しみに取っておこう。あの通路を通って、オリエのもとへ忍んでいく」

誘惑口調にオリエッタは顔を赤らめてクリストフを見上げた。そんなことを言われたら……期待せずにはいられない。

「ま……待ってる、わ……」

照れながらも素直に応じると、彼はふふっと笑ってさらに何度もオリエッタにくちづけ、ようやく身体を離した。

互いに着衣の乱れを直しあい、地下通路を通って皇妃の宮殿へ戻る。

待機していた召使たちはあくまで慇懃にふたりを出迎えたが、向こうで何をしていたのかなどお見通しのはず。そう思うとどうにも恥ずかしくて、オリエッタは平然としている不埒《ふらち》な皇帝をつい睨んでしまったのだった。

帝都に戻ったらすぐにでも結婚式を挙げるつもりで、クリストフは準備万端整えさせていたのだが。挙式の前々日になってオリエッタは熱を出してしまった。

「……ごめんなさい」

寝台で夜具にくるまってぼそぼそ詫びると、クリストフはオリエッタの手をぎゅっと握った。

「貴女のせいではない。長旅で疲れているとわかっていたのに何度も求めた私が悪いのだ」

生真面目に言って、彼はオリエッタの額に当てた布を取り、自ら冷水に浸して絞る。

ひんやりとした布がふたたび額に載せられ、オリエッタはふーっと溜め息をついた。

「丈夫な質だから平気だと思ってたのに……」

気分が浮き立っていたせいか、疲労は感じていなかった。

クリストフとの交歓もイヤではない、どころか、求められるのが嬉しくて拒むなど考えもしなかった。

「この機会にゆっくり休むといい。結婚式は具合がよくなってからでかまわない。貴女も万全の体調で臨みたいだろう?」

「もちろんよ。一生に一度のことだもの」

「だったら今は気にせずゆっくり休むんだ」

頷いたオリエッタの頬にキスして、クリストフはまめまめしく夜具をかけ直した。

「側に付いていてやりたいのだが……」

「お仕事が溜まっているのでしょう？　わたしは大丈夫よ、ヴァンダがいるし、こちらで付けていただいた女官たちもいますから」

そう言ってもクリストフは気がかりそうにぐずぐずしていたが、大丈夫だからと何度も言われてやっと出ていった。

控えていたヴァンダが側にやって来て苦笑した。

「怖い顔して心配性ですねぇ、皇帝陛下は」

「どこが怖いの？」

きょとんとして訊《き》き返すと、他の女官たちも顔を見合わせてくすくす笑った。

「パッと見怖いと誰もが申しておりますのよ、お妃様。それこそ皇太子の頃から」

「そうそう、しつこい男に絡まれてる令嬢を見かけ、男を追い払って振り向いたらキャーッと悲鳴を上げて逃げられたって話、有名ですわ～」

「……それ、わたしがクリス様と最初に出会ったときと、まったく一緒なんだけど」

「お妃様はお逃げにならなかったのですか？」

「逃げるなんて！　見惚《みと》れてしまったわ。なんて凛々しい殿方かしら……って」

そのときのことを思い出してうっとり溜め息をつくと、女官たちはそろって『えーっ』という顔をした。

「あのきりっとした切れ長の瞳の涼やかなことといったら、もう、もうっ……！」

熱で赤らんでいる頬がますます赤くなる。侍女たちが盛大に首をかしげていることにも気付かない。

「陛下に一瞥《いちべつ》されただけで、すくみ上がって領地に謹慎蟄居《きんしんちつきょ》した貴族が山ほどいるって聞くけど……」

「ねぇ？」

女官たちは不審そうに眉をひそめてひそひそと言い合う。

「……でも、確かにお妃様にだけはデレデレしっぱなしよね」

「割れ鍋にナントカ……？」

「それは失礼すぎるでしょ」

などとさらに仲間うちで囁きあう。

ヴァンダが横目でそれを見て、肩をすくめた。

「似た者夫婦ってことですね。おめでとうございます、オリエッタ様」

「ありがとう！　やっぱり運命なのよね！」

「昂奮すると熱が上がりますよ」

舞い上がったオリエッタは、冷静に言われて慌てて夜具を顎まで引き上げた。

「そ、そうね。結婚式がますます遠のいたらイヤだわ。もう寝ます。陛下が見えたら起こしてつまでもにまにましていたのだった。

静かになった部屋の中で目を閉じながら、クリストフとの結婚式を想像してオリエッタはい
女官たちは静々と退出し、最後にヴァンダが扉を閉めた。

「はい、おやすみなさい」

「陛下は起こすなと言われると思います。ともかくおやすみなさいませ」

ちょうだい」


熱は一日で下がった。本人の言うとおり、元来丈夫な質なのだ。

しかし大事を取るべきとクリストフが強硬に主張して、結局結婚式は一週間延期となった。

気遣ってくれているのはわかっていたので承知したが、やっぱり残念なのでちょっと拗《す》ねたふりをしてみるとしきりと機嫌を取られ、ますます彼が大好きになってしまった。

一方で、意外な皇帝の素顔をかいま見た女官たちは驚愕し、『お妃様は猛獣使いだったのですね！』と目を輝かせて称賛した。

意味不明だが、嫁入り先の人たちに好印象を与えられたのは喜ばしい。

婚礼用のドレスを試着したり、式で身につける宝飾品を選んだりしていると、女官がやってきて財務大臣が拝謁《はいえつ》を申し出ていますと告げた。

「財務大臣が、わたしに?」

「きっと、持参された宝飾品のことですわ、お妃様」

女官のひとりが教えてくれた。なんでも、高価な宝飾品は警備の厳重な宝物蔵に収納する決まりなのだそうだ。

「でも、宝飾品はお妃様の私財なのよ?」

ヴァンダが不服そうに言い出す。

実父である国王と養父のニコラから、オリエッタは莫大な持参金と持参財を与えられた。

婚前契約書によって、宝石類はすべて妻の私財として夫には手出しできず、金貨・銀貨、有価証券(デルミ商会の出張所ならどこでも額面の金額に換金できる)などは、妻の了解を得た上で夫も使える、という取り決めがなされた。

オリエッタは、いざというときすぐクリストフに役立ててもらえるよう、無駄遣いはしないと決めている。

ヴァンダの言葉に、その女官は頷いた。

「警備の問題ですわ。今はもうそんなことはないと思いますが、混乱期には宮殿にも泥棒が入って、貴重品を盗まれるという事件が何度も起きたんです」

「まぁ……」

「特に、お妃様の宮殿にはたくさんの宝飾品があるわりに、皇帝陛下の宮殿ほど警備が厳重ではありません。物々しい警備は気づまりだと厭《いと》われる場合も多くて」

　確かに、そういうこともあるかもしれない。武装した兵士が身近にいては落ち着かないという女性は多そうだ。経験がないからわからないが、実際にそういう状況になったら自分だって気になるかもしれない。

「――いいわ、お通しして」

　女官はすぐに陰気そうな痩身の男性を伴って戻ってきた。その後ろからは恰幅《かっぷく》のいい中年男が福々しい笑顔で従っている。

　ふたりはオリエッタの前に跪き、深々と頭を垂れた。

　アネモス王国ではとっくに廃れた風習がキュオンではまだふつうに行なわれているのだ。やや古風できらびやかな服装に合っていて、見るたび異国情緒を掻き立てられる。

　痩せた男は顔つきと同じ憂鬱そうな声で名乗った。

「お初にお目にかかります、お妃様。私は財務大臣を務めるホルト、こちらは宝飾品の鑑定を任せている商人のベルムです」

「お目にかかれて光栄でございます」

　ホルト大臣よりやや下がった位置で、ベルムが媚《こ》びるような愛想笑いを浮かべる。

「ごきげんよう」

　王女教育で習ったとおり、浅い会釈を返す。

「用向きは何かしら？」

「はい。お妃様は高価な宝飾品を多数お持ちになられましたので、警備のしっかりした宝物蔵での保管をお勧めにまいりました」

淡々とした口調でホルトは応えた。女官の予想どおりだ。

「皇帝陛下もご存じなの？」

「もちろんでございます。陛下のお許しを得た上で、こうしてまかり越しました次第」

謹厳な面持ちでホルト大臣が頷く。

クリストフも承知しているなら問題はないだろう。

「保管するのはいいけれど、使いたいときはどうするの？」

「すべてに番号を振りますので、お伝えいただければすぐに担当者がお持ちいたします」

「いちいち面倒だわねぇ」

ヴァンダが顔をしかめる。

「特にお気に入りの品や、普段遣いのものなどはお手許《てもと》に置かれてかまいませんよ」

「それならいいわよね？　ヴァンダ」

「そうですね。全部預けてしまうのも、逆に心配ですし」

「まずは目録と突合《とつごう》しながら確認させていただきたいのですが……。そちらの侍女の方にも同席していただければ安心かと」

ベルムが如才なく言ったが、ヴァンダはかえって疑わしげに商人を眺めた。

「あなたの同席も皇帝陛下はお許しになっているの？」

「はい。宝石類の鑑定を仰せつかっております」

「まさか偽物が混ざっているとでも⁉」

憤然とするヴァンダに、ベルムは慌てて手を振った。

「とんでもないことでございます！　私はキュオン帝国で手広く商売させていただいておりますが、ご存じのとおり我が国は戦乱のため停滞を余儀なくされました……。陛下は今後、西方諸大陸との交易を盛んにしたいとお考えです。私も力を尽くす所存でございますが……なにぶん最近の西方の文物に疎くてですね……」

焦ってベルムが額をぬぐう。

オリエッタはこちらが驕《おご》っているみたいに思えて反省した。

「わかったわ、じっくり見ていただいてかまいません。——ヴァンダ、目録を持ってきて。この方たちのお仕事を手伝ってさしあげて」

「承知しました」

手伝うというより監視する気満々の様子でヴァンダは頷いた。

別室で作業が始まると、時折ヴァンダが確認のため品物を持って戻ってきた。

気に入っているものはすでに寝室の貴重品入れにしまってあり、父ニコラが新たに購入して持たされたものや父王から贈られたものは、一度見たきりでうろ覚えだ。

社交界デビューした日にクリストフと結婚を決めてしまったオリエッタには、もう相手を探す必要がない。付き合い程度にしか舞踏会や晩餐会に出なかったので、着飾る機会もあまりなかった。もともと宝石類にさほどの執着もない。

特別に思い入れがあるのはクリストフから婚約のしるしにともらったスターサファイア（父が素晴らしいネックレスに仕立ててくれた）と、正式な婚約の証として贈られたエメラルドの指輪、母マリーナからの結婚祝いである真珠製品一式くらいだ。

作業は一日では終わらず、勉強のため目録をじっくり拝見したいとベルムが願い出たので持ち帰りを許可した。宝飾品を持ち帰るわけではなく、用心深いヴァンダも咎めはしなかった。


その夜。地下通路を通ってオリエッタの寝室を訪れたクリストフは薄手の毛布を差し出した。

「珍しいものが手に入った。パニャカの毛布だ」

「パ……パニャカ？」

発音しづらい単語に四苦八苦しながら繰り返すと、クリストフはにっこりと頷いた。

「東の高地に棲《す》む草食動物だ。羊よりも遥かに高品質の毛が採れるのだが、家畜化が難しくてな。野生種を捕まえて毛刈りをするんだが、それも二年に一度しかできない上に、ちょっとしか採れない」

「ものすごーく貴重なわけですね！」

「その毛布が手に入った。結婚祝いの贈り物だ。ほら」

広げた毛布をふわりと肩にかけられる。

「とっても軽いわ！　しかもすごく暖かいのね」

手触りもなめらかで、全然ちくちくしない。

「これにくるまって寝れば風邪をひかずに済むぞ。これから寒くなるからな」

クリストフと最初に出会ったのは暖かい晩春の夜。彼と婚約して故郷を離れたのが盛夏。一ヶ月半の航海を経て、今は秋の半ばだ。

「冬はかなり冷える。温暖なアネモスで生まれ育ったオリエッタにはなおさら寒いだろう」

「思ったより暖かいけど……」

「年が明けると急激に寒くなるんだ」

「じゃあ、まだ二ヶ月あるわ」

「用心に越したことはない。疲れていると風邪もひきやすい。熱は本当に下がったんだろうな」

「もう平気よ」

真剣な顔で、額に手を当てられる。

しばらくして、しかつめらしくクリストフは頷いた。

「平熱だな。しかし油断は禁物だ」

「わかったわ。この毛布をクリスだと思ってくるまって寝ます」

「そ、そうか」

クリストフは赤くなって目を泳がせた。言ってしまってからオリエッタも照れくさくなり、ぎこちない沈黙が流れる。

「えっ、と……。あ、そうだわ。昼間、財務大臣のホルトという人が来ました。持参財を宝物蔵に移すように、って」

「ああ、用心のためだ。宮殿は大勢の使用人が出入りするので目が行き届かない恐れがある。宝物蔵は最初から保管庫として造られているし、常に警備されているから安全だ。取り出す時に多少不自由かもしれないが」

「かまわないわ。高価なものは毎日使うわけじゃないもの。何かの行事に身につけるとしても、そういうときはあらかじめ日時を知らせてもらえるのでしょう?」

「もちろんだ。何事もなくても見たくなったら遠慮なくいつでも持ってくるよう命じていい」

「見たいものはいつも身につけているもの」

ふふっと笑ってオリエッタは左手の薬指に嵌めたエメラルドの指輪を示した。湯浴《ゆあ》みと寝るとき以外はずっと嵌めている。

「最初にいただいたスターサファイアも、いつも身につけていたいのだけど……お父様が張り切って凄く豪華に仕立ててくれたものですから」

「ああ、あれは重要な国事のときにでも着けるといい。我が国の宝石とアネモスの金細工の素晴らしい合作だからな。友好関係の象徴として恰好《かっこう》だ」

頷いたオリエッタの頬を撫で、彼は甘く囁いた。

「むろん貴女は何も身につけなくても最高に美しいが」

思わず赤くなると、ハッとなったクリストフが慌てて弁明した。

「裸がいいと言ったのではないぞ!? いや、裸も大変によいものだが……ではなくっ! とにかく貴女は宝飾品など身につけずと充分というか、飾ればなおのこと神々しいというか……っ」

神々しいは言い過ぎよ、とますますオリエッタは赤面した。

またもそわそわした沈黙が流れる。

「そ……そうだ！ もうひとつ知らせることがあった」

「な、なんでしょうかっ」

反射的に食いついてしまう。

「実は、秋の宮廷行事として『秋咲きの薔薇を愛《め》でる園遊会』なるものがあってな」

「まぁ、優雅ですね！ アネモスでは薔薇といえばほぼ春だけで、夏や秋は返り咲きがぽつぽつ見られるだけなんです」

「こちらも春に比べれば数は少ないし花も小さめなんだ。しかしそのぶん色鮮やかで香りも強く、春とは色が違うこともある」

秋薔薇を愛でる催しは、昔から貴婦人たちが楽しんできたもので、戦乱が続いた時代には途絶えがちになったが、クリストフの母后が復活させた。

「母が亡くなった後は、偲《しの》ぶ会も兼ねて父が主催していたのだが、その父も亡くなり……それからは妹が取り仕切っている」

「ティアナ様が……」

ぽっちゃり体型の皇女をオリエッタは思い浮かべた。

最初の日に挨拶を交わした後はたまに晩餐で顔を合わせるだけ。住まいの宮殿は離れているから偶然行き合うということもない。

こちらから訪問しようかとも思ったが、向こうから来るべきだとヴァンダが言い張るものだから、そういうものかしら……と行きそびれているうちにオリエッタのほうが疲労から熱を出して寝込んでしまった。

「実は、挙式後初の皇妃主催行事として計画していたのだが……」

「皇妃主催って……。えっ⁉ わたしが主催するのですか⁉ ティアナ様ではなく？」

「もともと皇妃の催しだからな。しかし、挙式が延期になったので、園遊会のほうが先になってしまい……。オリエッタは異国から嫁いできたばかりだし、今回は引き続きティアナに主催を任せようかと……。申し訳ない」

頭を下げられ、オリエッタは慌てた。

「そんな、申し訳なくなんてないですよ！　そのほうが助かります。わたし、勝手が全然わかりませんもの」

「園遊会も延期しようと思ったのだが、今年はいつになく咲き始めるのが早かったとかで……。秋薔薇は長く楽しめるとはいえ、延期すれば盛りを過ぎてしまうそうなのだ」

「せっかくだから、わたしも一番綺麗なときを見たいわ。ティアナ様にお任せします」

「そうか？　すまないな」

「その代わり……」

「ん？　なんだ」

「キ……キスしてください」

熱を出して以来、頬や額がせいぜいで、唇にはキスしてくれないのだ。

「風邪じゃないから伝染《うつ》りませんよ？」

「そんなことは考えもしなかったぞ」

クリストフは苦笑して、そっと唇を重ねた。

慣れ親しんだあたたかな感覚に嬉しくなって思わず抱きついてしまう。クリストフもいつも

のようにぎゅっとしてくれた……と思ったら、ガッと肩を掴まれて引き剥《は》がされた。

「いや、ダメだ！」

「えっ⁉」

「貴女を寝込ませてしまったとき快癒祈願で結婚式が済むまで絶対に触れないと誓ったのだ」

快癒祈願とは、病気でもないのにずいぶん大げさな。

（クリスって、ひょっとして過保護なんじゃ……？）

ひょっとしなくても、そんな気はしていたが。

「いかん、つい接吻などしてしまった。また熱が出るかもしれない。さぁ、この毛布をかけて早く寝なさい」

有無を言わさず寝台に押し込まれ、毛布と夜具をかけられてしまう。

「あの、これではちょっと暑いような気がするんですけど」

「んっ？　では、これは取って……と。毛布と上掛けで……どうだ？」

せっせと調整して生真面目に尋ねる皇帝がなんだかかわいい。

「はい、あったかくて軽くていい感じです」

ホッとした顔になって、クリストフはオリエッタの額を撫でた。

「……では、ゆっくりおやすみ」

「クリスも。おやすみなさい」

鏡の扉の向こうにクリストフの姿が消える。

急速に込み上げる寂しさを紛らわすように、オリエッタは毛布にくるまった。

本当にこの毛布は肌触りがとてもいい。

絹のようにすべすべした手触りなのに、ふんわりと軽くてあたたかいのだ。

(えぇと……なんだったかしら、この毛を取る動物は)

パ……パ……パニャカ。そう、パニャカだ。

もちろん毛布はとても気に入ったけれど、それ以上にクリストフの気遣いが嬉しく、ちょっと行き過ぎな感もある生真面目っぷりが微笑ましくてならなかった。


園遊会は結婚式の三日前に開催された。

場所は宮殿の一角にある薔薇園で、常日頃から宮廷人たちが自由に散策できる憩いの場だ。

噴水のある中央の広場に丸テーブルを並べ、優雅な天幕やベンチが適宜配置されている。

「なるほど、野外立食パーティーというわけですね」

オリエッタに従って会場入りしたヴァンダが周囲を見回して頷いた。

ふんわりと薔薇の甘い香りが漂うなか、引き裾《トレーン》のあるドレスの貴婦人と丈長チュニックにマントの貴族や略礼装の騎士たちが歓談している。

一瞬お芝居か仮装パーティーかと混乱してしまったが、キュオンの装束は西方諸国より古風なのだと思い出した。古めかしいのではなく、薔薇の香りもあいまって大層ゆかしく優雅だ。この香りを邪魔しないよう、香水は禁止というのも頷けた。

皇妃——正確にはまだ婚約者だが——が現われたことに気付いた人々が、一斉に跪く。この風習に未だ慣れないオリエッタは、どぎまぎしながら会釈した。

跪いて頭を垂れる人々のなか、ふたりだけ立っている人物がいる。皇帝クリストフと妹のティアナ皇女だ。

クリストフは悠然と佇《たたず》み、ティアナはやや腰を屈めて頭を低くしている。皇女が跪くのは皇帝と皇妃だけでいいそうだ。オリエッタは正確にはまだ皇妃ではないので、あのような体勢なのだろう。その杓子定規《しゃくしじょうぎ》な扱いが、オリエッタにはかえってありがたかった。

「オリエッタ」

クリストフが大股に歩み寄り、手の甲にくちづける。

彼が身につけているのはアネモスや西方諸国では標準的な貴族の服装だ。大きな折り返し袖のついた膝丈の上着《ジュストコール》にジレとクラヴァット。下はブリーチズに白い絹の靴下《ホーズ》、バックル付きの短靴。

とても素敵だけれど、古式ゆかしい装束も見てみたいものだ。

差し出された腕に手を添えて人々に向き直る。皇帝が軽く頷くと、跪いていた人々は立ち上がった。

「さぁ、今年最後の薔薇を心ゆくまで楽しもう。来春の園遊会では新たに大輪の薔薇が咲くぞ」

にっこりとクリストフがオリエッタに微笑みかけ、わっと周囲が沸いた。

園遊会には重臣や側近のほとんどが参加している。正式謁見は結婚後に予定されているが、ひととおり紹介と挨拶を交わした。

中には財務大臣のホルトの姿もあった。

相変わらず陰鬱な顔で、クリストフによれば別に憔悴《しょうすい》しているわけではなく、いつもあんな感じだそうだ。

御用商人ベルムの姿はなかった。園遊会に招かれるほどの重鎮ではないのだろう。

クリストフの警護を担当している親衛隊の騎士たちの姿もちらほら見える。略礼装だがさりげなく長剣を帯びている。

平時に皇帝の間近で武装が許されているのは親衛隊の隊員だけ。

彼らは全員、何代にもわたって皇家に仕えてきた忠臣の子息たちというだけでなく、剣、弓、槍《やり》はもちろん体術にも優れた強者《つわもの》ぞろいである。

なかでもフローリアンという名の騎士は側近中の側近で、お忍びの花嫁探しにも同行し、皇帝の身辺警護の責任者として采配を振るっていた。

そう聞けばいかにも屈強そうな騎士が思い浮かぶけれど、フローリアンは少なくとも外見においては想像とはかけ離れていた。

陽光のごとき金髪に、落ち着いたアイビーグリーンの瞳。武官というより優秀な文官といった風情の柔和な美青年である。

黒髪に鋭利な蒼《あお》い瞳をした頑健な体格の皇帝の側に控えていると、剛と柔と組み合わせの妙に感心してしまう。

オリエッタは一ヶ月以上船で過ごす間に、フローリアンを初めとする親衛隊の隊員たちと親しくなっていた。

クリストフは船上でも政務を執っており、艦隊に分乗した各部門の担当者との協議が毎日行なわれていたので、そのあいだ交替で相手をしてくれたのだ。

チェスやチェッカーの相手、甲板の散歩の付き添い、練習試合などで楽しませてくれた。

彼らは全員貴族の子弟なので教養もあり、見事に楽器を弾《ひ》いたり、臨場感たっぷりに本を朗読したりと、オリエッタの無聊《ぶりょう》を慰めてくれた。

中でもフローリアンとは気が合って、よく散歩に付き合ってもらった。

船には食用のため生きた家畜も積まれている。牛、山羊《やぎ》、鶏《にわとり》、鵞鳥《がちょう》。おかげで新鮮なミルクや卵には不自由しない。

それから鳩《はと》もいた。鳩は食用ではなく通信用である。皇帝の指示は伝書鳩で本国へ届けられ、本国からも留守を守る重臣たちからの通信文を持って鳩が飛んでくる。

船の鳩舎《きゅうしゃ》を見学しながらフローリアンに『移動する船を鳩はどうやって見つけるの?』と尋ねると、にっこりと曇りのない笑顔で『秘密です』と返された。

ふつうの伝書鳩は遠方から決まった場所にある鳩舎に帰るだけだ。

特殊な訓練を施すらしいが、軍事機密とのこと。興味はあったがアネモスのスパイだと思われては心外なので、しつこく尋ねるのはやめておいた。

自分はあくまで和平のために嫁ぐのだ。

フローリアンは博識で、大抵の質問には打てば響くように答えが返ってくる。単に記憶力がいいだけです、と本人は謙遜するが、それだけでも充分に凄いとオリエッタには思えた。

実際、クリストフにとってフローリアンは生き字引のようなものらしい。文官になることもできたが、本人の希望で武官の道を選んだという。

優雅な美青年であるフローリアンは園遊会でも目立っていた。何しろ煌々《きらきら》しい金髪で、服装の色使いも華麗だから人目に立つのだ。

ある意味皇帝より目立っているが、本人が派手好みというのではなく警護の一環なのだった。

クリストフはまだ世情が不安定だった皇太子時代に危険な目に遭うことがたびたびあったため、目立つことをあまり好まない。

代わりにフローリアンが目立つ恰好をしてクリストフの近くにいることで、他の親衛隊員の目印になると同時に、刺客避けにもなっている。

当然、フローリアン自身の危険は増すわけだが、彼は一見優男でも実力は手練ぞろいの親衛隊にあってつねに上位を維持している。『敵に回したくない男の第一位だな』とクリストフは冗談めかして言っていたが、絶対本音だと思う。

穏やかに微笑みながらもつねに周囲に気を配っているフローリアンだが、今回は限られた招待客のみの園遊会でもあり、かなりくつろいだ様子だった。

騎士の礼服姿の隊員たちとは違って、彼は皇帝と同じような西方諸国風の貴族の出で立《た》ちだ。ただ、腰に長剣を帯び、短靴ではなく拍車付きの長靴《ブーツ》を履いているところが騎士であることを示している。

オリエッタはクリストフと腕を組み、薔薇を楽しみながら会場を散策した。その後にフローリアンがさりげなく続き、少し離れて数名の親衛隊員が従う。

やがて、重臣のひとりが近づいてきて皇帝に耳打ちした。

クリストフは憮然《ぶぜん》と眉をひそめて見返したが、相手に引く気配はない。矍鑠《かくしゃく》とした老貴族で、無下にはできない人物のようだ。

「すまない、オリエッタ。所用で少々外す。——フローリアン、姫のエスコートを任せる」

「かしこまりました」

歩み寄ったフローリアンがきびきびと一礼した。

老貴族を従えて会場を出て行くクリストフの後ろ姿を見送って、オリエッタは呟いた。

「何かあったのかしら……」

「大丈夫ですよ、姫。ゲルトナー侯爵はせっかちなんです。老い先短いせいでしょう」

目を丸くするオリエッタにフローリアンは悪戯《いたずら》っぽく片目をつぶった。

「実はゲルトナー侯爵は私の大伯父でして」

「まぁ、そうなの」

「皇太子時代の陛下のお目付役だったので、今でも何かと口うるさいんです。言いたいことを言えば気が済んで解放してくれるはずですから、それまで私のお供でご辛抱ください」

「辛抱なんて。船での散歩を思い出すわ」

礼儀正しく差し出された腕を取り、薔薇園の散策を続けた。

「クリス様が言っていたとおり、花は小振りだけど、そのぶん色が濃いみたいね。香りも濃厚な気がする。……あ、この杏色《アプリコット》は珍しいわ」

「アネモスにはありませんか」

「見かけないわ。アネモスでは薔薇と言えば赤系がほとんどなの。白や黄色もあるけど、杏色の薔薇を見たのは初めてよ。素敵ね」

「キュオンでは珍しくありませんが、この色は人気ですよ。ほら、ご婦人がたのドレスにも、杏色が多いでしょう」

「本当だわ。明るくて優しくて、いい色よね」

今度ドレスを作るときにはあの色にしてみよう。

「庭師に命じてこの色の薔薇をお部屋に届けさせましょう」

「いいの？　嬉しい」

歓声を上げたオリエッタは、ふと刺すような視線を背中に感じた。ティアナ皇女がむっつりした顔でこちらを凝視している。

皇女はオリエッタが振り向いたことに気付くと、ふいっと顔をそむけ、侍女を従えて天幕のほうへ歩いていった。

「……フローリアン、わたし少し座りたくなったわ。天幕で休んでもいい？」

「もちろんです。——ああ、あそこが近いですね」

今し方ティアナが入っていった天幕だ。彩色された装飾的な柱で立てられた天幕は、絨毯が敷かれ、三方にきらびやかな緞子《どんす》が垂らされている。

ゆったりした長椅子や肘掛け椅子、低いテーブルが置かれて、座って庭園を眺めたり、軽食や飲み物を取りながら歓談できるようになっていた。

中で休んでいたのはティアナ皇女だけだった。椅子の後ろに澄まし顔の侍女がふたり控えている。

「ティアナ様、お邪魔してもかまいませんか？」

一瞬迷惑そうな顔をしたティアナだったが、外にいる同輩と話していたフローリアンが天幕へ入ってくると、にわかに焦り出した。

「ど、どうぞご自由に！　わたくし専用の天幕ってわけじゃないし、好きにすれば⁉」

「では、お言葉に甘えて」

にっこりして、オリエッタは長椅子の真ん中に陣取ったティアナの隣に、かなり無理やり腰を下ろした。

ティアナは体型がぽっちゃりしているうえに、ドレスのスカート部分に楕円形《だえんけい》の枠を仕込んで横に広げているので、実際以上に太って見える。

縦ロールにしたミルクブラウンの髪。デコルテ部分から繋がったレース付きの巨大な立ち襟。袖は上部が大きくふくらんだジゴスリーブで、オリエッタには昔の女王様みたいな印象だ。

オリエッタのドレスはスカートの重ね履きで自然にボリュームを出すもので、ティアナのスカートに比べたら半分程度のふくらみしかない。それでもさすがにぎゅうぎゅうだ。

ティアナはたじろぎ、小声で文句をつけた。

「……ちょっと。椅子は他にもあるでしょ。なんで隣に来るのよ」

「こちらのほうがお庭がよく見えますので」

にっこり返すと、ティアナは舌打ちしたそうな顔で空いているほうへ身体をずらした。すかさずそちら側の肘掛け椅子を指し示す。

「あ、フローリアンはそっちに座ってね。こちら側の椅子は皇帝陛下がお戻りになったときのために空けておきたいから」

「⁉」

ぎょっとしたティアナがオリエッタを横目で睨む。

美形騎士は微笑んで頭を垂れた。

「私は立っておりますので、どうぞおかまいなく」

「あなたのような立派な騎士が側に立っていては落ち着かないわ。ねぇ、ティアナ様？」

皇女はうろたえて口をぱくぱくさせたが、気を取り直してつーんと顎を反らした。

「座りなさい、フローリアン」

「殿下のご命令とあらば」

騎士は一礼して優雅に腰を下ろした。

むすっとしながらティアナの頬は赤らみ、ちらちらと横目でフローリアンを盗み見ている。

（やっぱり！　ティアナ様はフローリアンが好きなんだわ！）

オリエッタは内心でぐっと拳を握った。

どうにか義妹と仲良くなりたいオリエッタは、クリストフと腕を組んでそぞろ歩くあいだもそれとなく皇女の様子を窺《うかが》っていたのである。

クリストフは妹のことを内気で人見知りだと言っていたが、女官たちから聞いた話でもティアナ皇女は気難しくて扱いにくい人物ということだった。

わがままとか癇癪《かんしゃく》持ちとかではないらしいが。

何か話しかけるきっかけでもないかしら……と観察しているうちに、ティアナが頻繁にこちらを見ていることに気付いた。

オリエッタを見ているわけではない。むしろ眼中《がんちゅう》にない感じだ。かといって、兄のクリストフを見ているわけではさらにない。何を気にしているのかと訝しむうちにひらめいた。

ひょっとしたら皇女はフローリアンの姿を追っているのでは？

それを確かめようと、かなりわざとらしかったが、無理無理にティアナの隣に身体をねじ込んだ。さらに、皇女から近いほうの席をフローリアンに勧めてみたところ、反応は予想どおり。

甘い木の実のケーキを摘まんだり、ワインをいただきながら歓談して、さらに様子を探る。

会話は主にオリエッタとフローリアンのあいだで交わされ、ティアナは話を振られても言葉少なに応じるだけで、手持ち無沙汰にケーキを口に運んでいる。

食べ終わると頼みもしないのにお代わりのケーキが前に置かれた。

ちなみにキュオン帝国のケーキはふわふわのスポンジ生地ではなく、かなりどっしりと重量のある焼き菓子だ。

木の実やリキュール漬けのドライフルーツがどっさり入っていて、蜂蜜やバターもたっぷり使われているため、オリエッタには一切れでお腹一杯になってしまう代物だ。

ティアナは二個目のケーキを黙々と食べ始めたが、ケーキが大好きというわけではないようで、どちらかといえば憂鬱げな表情――というより心ここにあらずといった面持ち。かといって退屈しているわけでもない。目元がほんのりと赤みをおびているのはワインのせいではないはず。

皇女の視線は揺れながらも絶えずフローリアンに戻ってゆく。才気煥発《さいきかんぱつ》な受け答えにうっとりと瞳を潤ませ、ハッと我に返ってケーキをぱくつく。そしてまた見惚れ……の無限ループ。たちどころにオリエッタはピンと来た。間違いない。あれは恋する者の視線だ。自分もしょっちゅうクリストフにうっとり見惚れているから確信がある。

ちょうどそこへ皇帝クリストフがやって来た。

「ここにいたのか」

「陛下」

オリエッタは立ち上がって膝を折った。無用な誤解を避けるべく人前では『陛下』と呼ぶようにしている。

クリストフも親衛隊以外の貴族が周囲にいるときはオリエッタの身分を強調するためか『姫』と呼ぶ。平民育ちとしてはかなりくすぐったい。

彼は無造作に頷くとオリエッタの左手の空いている椅子に腰を下ろし、軽く手を振った。

「楽にせよ」

「恐れ入ります」

同じ体勢のままもう一度膝を折って座り直す。キュオン式の礼の仕方もだいぶ自然にできるようになった。それを考えれば、結婚式が延期になったのも案外よかったかもしれない。

オリエッタとティアアナは座ったが、親衛隊員であるフローリアンはさすがに立ったままだ。彼は皇女に一礼するとさりげなく皇帝の近くに移動してしまった。

ティアアナがそれを横目で眺めてそっと溜め息をついたことも、もちろんオリエッタは見逃さなかった。

「私もそれをもらおうか」

皇帝の言葉に、さっそく重厚なナッツケーキと赤ワインが運ばれてくる。

すでに二個目を食べ終えていたティアアナの前にも新しいものが置かれた。半分食べ残していたオリエッタの前には何も置かれない。

キュオンでは皿が空であれば頼まなくてもお代わりが出てくるのだ。これ以上いらないという意思表示のために、少し残しておく。飲み物も同様。

宮廷での生活が始まってすぐ、そのことをオリエッタは学んだ。

デルミ家では、商人ということもあって出された料理は残さず食べるのが礼儀だった。もちろん足りなければ好きに頼める。

アネモス王宮では食卓に所狭しと大皿料理が並び、食べたいものを給仕に命じて皿に取らせるスタイルだった。そのため各人に担当給仕がついていた。

それでなんとなくわかったつもりでいたのだが、キュオンでは一人ずつ皿に盛られてくる。平らげて一息ついたら同じ料理が新しい皿で出てきて仰天したのだった。

キュオンの宮廷に生まれ育ったティアナがそれを知らないわけがない。

どうも彼女は空腹だから食べているわけではないようだ。なんとなく口に運ぶうちに完食してしまい、新たに出てきたものにもなんとなく手をつけてまたもや完食してしまい……の、これまた無限ループ。

たぶん本当にお腹がキツキツになるまで食べてしまってやっと残すのだろう。それではぽっちゃりするのも無理はない。本人が気にしていないのならかまわないけど……。

三個目のケーキもぼんやりと口に運ぶティアナを気にしつつ、クリストフやフローリアンと喋っていると、天幕の外から親衛隊員がフローリアンに目配せした。

彼は隊員から何やら耳打ちされ、眉をひそめた。申し訳なさそうな様子で皇帝にひそひそ用件を伝えると、クリストフは大きく顔をしかめた。

「またか。今日は休みなのだぞ、私は」

「お留守の間に、予想以上に決済案件が溜まってしまったようで……」

そう言われては撥《は》ねつけられず、しぶしぶクリストフは立ち上がった。

オリエッタとしても、自分を迎えに来たせいでそうなったのだと思えば甘えるわけにもいかない。


「何度も中座してすまないな。今度はどうやらお開きまでに戻れそうにないようだ」

「大丈夫ですわ。ティアナ様と楽しくお話ししてますから」

ねっ？　とにっこり笑いかけると、一瞬目を剥《む》いた皇女は憮然とした顔で頷いた。

フローリアンを従えてクリストフが出て行くと、さっそくオリエッタはウキウキとティアナに尋ねた。

「ティアナ様、フローリアンのことがお好きなのですね！」

前置きもなく確信を込めて断言され、ティアナ皇女はのけぞるほど驚愕した。

「なっ……何をいきなり……!?」

「あ、違いました？　勘違いだったらごめんなさい」

ティアナは呆気にとられてオリエッタを見返し、ぷいっとそっぽを向いた。

「彼に好意を持つ女性なんて、それこそ掃いて捨てるほどいるわよ。宮廷の中にも外にもね！」

ふたたびケーキの皿を取った皇女の手を、オリエッタはそっと押さえた。

「また勝手にお代わりを持ってこられてしまいますよ？」

皇女は今気付いたようにうろたえ、慌ててテーブルに皿を戻した。

「いくらケーキがお好きでも、食べ過ぎては美味しくいただけませんわ。そんなのもったいないじゃありませんか」

「……そうね」

皇女は座り直し、溜め息をついた。

「いいわね、あなたは。美人で、すらっとしてて」

「ティアナ様こそお綺麗ですわ。ぽっちゃりなさっているのは食べすぎなだけだと思います」

率直に言うと、皇女は呆れたようにオリエッタを眺めた。

「ずけずけ言うわねぇ、あなた」

「すみません、発言に遠慮がなさすぎると、家族からもよくたしなめられました」

「……そういうところが、お兄様はお気に召したのね」

皇女は独りごちるように呟き、オリエッタに向き直った。

「わたくしはたぶん、あなたとは正反対だわ。言いたいことがあっても素直に口に出せなくて……モヤモヤすると何か食べたくなるの。ばあやのせいだわ。わたくしが不機嫌だと、すぐに食べもので機嫌を取ったから。今ではすっかりそれが癖になってしまって……」

母后の乳母だったばあやは高齢で引退しているが、植えつけられた癖はなかなか直らない。

今ではそれが美容にも健康にもよくないとわかっていても、イライラしたりモヤモヤしたりするとつい食べものに手が伸びてしまう。

そして勢いで完食し、気がつけば食べすぎている。

それを繰り返すうちに胃が拡大したのか食べる量が増え、ますますぽっちゃりに拍車がかかる悪循環。

「……あなた、きょうだいはいて？」

「ええ、兄がふたり」

「仲はいいの？」

「ふたりともわたしをとても可愛がってくれました。小さい頃は、必ずどちらかが側にいて、遊び相手をしてくれて」

ティアナは羨ましそうに嘆息した。

「お兄様はあまり側にいてくださらなかったわ。わたくしが物心つく頃にはお兄様は皇太子で、すでにお父様を立派に助けていらしたの。当然、皇帝であるお父様もお忙しかったし、お母様はずっと前にお亡くなりで顔も覚えてないし……」

「クリストフ様は、妹のティアナ様をとてもかわいく思っていらっしゃいますわ」

お世辞ではない。扱いあぐねているにしても、妹を気にかけていることは、彼の言葉の端々から伝わってきた。

「わかってるわ。悪いのはわたくしなのよ。小さい頃、お兄様はお忙しい時間をぬってわたくしと遊んでくださったわ。でも、その頃のわたくしは、今よりもっと臆病で、ビクビクしていて……。これもばあやのせいなのよ。わたくしを躾《しつ》けようと、いい子にしてないとこわ～い悪鬼がやってきて食べられちゃいますよ、なんて脅すから」

　なんでもかんでもばあやのせいにするのはどうかと思うが、気の小さな幼女に過度な恐怖心を与えたのだとしたら、確かにちょっとやりすぎだったかもしれない。

「……お兄様は少年の頃から背が高くて体格がよくて、目付きもやたらと鋭かったから……」

「悪鬼に見えたんですね？」

　きまり悪そうに皇女は頷いた。

（それで『怖い〜！』と泣かれたわけね）

　オリエッタにとっては惚《ほ》れ惚《ぼ》れするほど凛々しく涼やかな目元なのに。本当に不思議だわ。

「わたしが怖がったせいで、お兄様はあまり顔をお見せにならなくなったわ。悪いのは自分なのに、わたくしはそれが寂しくて……。なのに、偶然行き会ったりすると、嬉しさよりも緊張で顔がこわばってしまって」

　後になってそれが猛烈に悔やまれ、やけ食いに走ってしまう。

「悪循環ですね……。あ、もしかしたらフローリアンも同じような……？」

　ティアナは顔を赤らめ、そわそわと頷いた。

「彼には小さい頃からずっと憧れていたわ。お兄様と違って優しいし……」

「クリス様だって、とってもお優しいですっ」

　思わず断固主張してしまうと、皇女は辟易《へきえき》したように肩をすくめた。

「わたくしだって、それくらいわかっていてよ。そうじゃなく、今問題にしてるのは見た目のこと。お兄様と違ってフローリアンはいかにも優美な貴公子でしょう？　物語に出てくる理想の騎士そのものだわ」

オリエッタは首を傾げた。クリストフはまさしくオリエッタの理想の騎士なのに、そう言うとどうして皆『えー!?』という顔をするのだろう。まったく腑《ふ》に落ちない。

「その辺はじっくり意見を戦わせたいですけど、後日にいたします。――で、フローリアンにお気持ちを告げられたのですか？」

「まさか！　そんなことできるわけないでしょっ」

「どうしてです？　……あ、すでに彼には決まった人がいるとか!?」

「婚約者はいないわ。でも、好きな人はいるかもしれない。誰かとどうこう……とかいう噂《うわさ》は聞こえてこないけど……。彼は清廉さでも定評があるの」

自慢そうにティアナが胸を張る。

「なら、好意を伝えてみてもいいのでは？」

「そんなっ、無理よ！」

「どうしてですか」

「断られるはずないもの！」

「……？」

「正確には『断れない』。何故ってわたくしが皇女だから！　わたくしは現皇帝の妹というだけでなく、たったひとりのきょうだいなの。その意味はわかるでしょう⁉」

「えぇと……？」

すみません、よくわかりませんと正直に告げる。皇女は目を剥き、憤然と言った。

「わたくしはね、皇位継承権者の筆頭なの！　あなたが皇子か皇女を産むまではね！」

「――ああ、そういうことですか！」

「立太子はしてないけど、万が一お兄様に何かあればわたくしが女帝になるということなのよ。そういう立場の女を袖にできる⁉　お兄様の心証も悪くなって、出世に響くわ」

「どうして振られる前提なんですか？　フローリアンのほうもティアナ様が好きかもしれないじゃないですか」

「ありえないわ！　フローリアンみたいな美しくて優雅で有能な騎士が、こんな豚を好きなわけないじゃないっ……！　――豚……」

叫んだ皇女は自分で自分の言葉に傷ついて呻いた。

「そう、わたくしは豚。見苦しい豚女……嫌われて当然だわ……」

「なんで嫌われてるって決めつけるんですか⁉　確かにティアナ様はぽっちゃりですけど！　だいぶぽっちゃりですけど、でもまだぽっちゃりです！」

「それだけぽっちゃりしてれば立派な豚よーっ」

おいおいと皇女は泣きだしてしまった。

後ろに控える侍女ふたりがおろおろし、『なんてことしてくれますかっ』とでも言いたげにオリエッタを睨む。

もしここに例のばあやがいたら、すかさず甘いもので気を逸《そ》らそうとしたに違いない。

慌ててオリエッタはハンカチを取り出し、ティアナの涙をぬぐった。

「すみません、ティアナ様。ぽっちゃり言いすぎました」

「また言った！」

「ご、ごめんなさい！　もう言いません！　言いませんからっ」

必死に誓うと皇女はようやく泣き止《や》み、奪い取ったハンカチで盛大に鼻をかんだ。

「……わたくし、彼に豚呼ばわりされるくらいなら死んだほうがマシだわ」

「呼ばないと思いますけど……。フローリアンは礼儀正しい騎士ですから」

「そうよね……。だから礼儀正しくわたくしを拒否しないと思うの。でも……そう考えるとますます苦しくなって、ますます食べてしまうの。そうしてますます嫌われるのよ……」

完璧に思考が後ろ向きに加速している。

「じゃ……じゃあ、痩せましょう！」

「簡単に言わないでよ。痩せようと思って痩せられたらこの世にデブはいないわよ」

「確かに思うだけで痩せるわけはないですけど、できることから始めてみましょうよ、ね？」

「……どうしろと？」

「えっと……。まずは食べ過ぎをやめましょう。キュオンではお皿が空になると食べ足りないと思われて、お代わりが出てくるんですよね？　だから、ちょっとだけ残しましょう」

「食べ始めると勢いで最後まで食べてしまうのよ」

「そ、それじゃ、ええと……」

　オリエッタは懸命に友人から聞いた話を思い起こした。

　親友のルチアがやはりぽっちゃり体型で、社交界デビューの前に様々なダイエットを試みていたのだ。

「一口食べたらフォークを置く、とか？」

「面倒ね」

「一口百回噛むとか……」

「顎が疲れるわ」

「……ティアナ様、ぽっちゃりを脱却したいのでは？」

「また言ったわね⁉」

「こうなったら何度でも言わせていただきます。ぽっちゃりをやめようと決意して、ぽっちゃりをやめようと努力しないかぎり、永遠にティアナ様のぽっちゃりは続きますよっ」

「いやぁ〜！」

「そして憧れの騎士様は、どこぞのすらりとした姫君に盗《と》られてしまうのです」

「あなた⁉」

「わたしの理想の騎士様はクリストフ様です。他の殿方なんて月とスッポン、眼中にありませんわ」

「本当に変わってるわね、あなた……。でも、だからこそ信じられる気がする」

皇女はぐっと拳を握った。

「わかったわ、あなたの言うとおりにしてみる」

「お食事の際は、まず最初にお野菜から摂《と》られるといいですわ。お野菜ならお代わりしてもさしつかえありません。むしろ、たくさんお代わりなさってください」

「えっ、いいの？」

「野菜でお腹一杯になって、お肉やケーキを食べられなくなりますから」

「でも……わたくし、お野菜はあまり好きではないのよね」

「ティアナ様。野菜を食べてすらりとするのと、食べずにぽっちゃりのままでフローリアンに『この豚め！』と罵られる――言葉にしなくても本心ではそう思っているに違いないと妄想するのと、どちらがよろしいのですか？」

「お野菜食べます！」

「では、そのように。さっそく今宵《こよい》の晩餐から始めましょう」

にっこりすると、皇女は警戒する顔になった。

「さては監視する気ね」

「恋の成就を応援しているんです。わたし、大好きな人と結婚できてとっても幸せなので、何がなんでもティアナ様にも幸せになっていただきたいのですわ」

「惚気《のろけ》てるの？　――親身なのか、お節介なだけなのか、よくわからないわね……」

「たぶん両方です。わたし、妹がいないので、ティアナ様とはぜひ仲良くしたくて」

皇女はぽかんとオリエッタを眺め、苦笑した。

「あなたって本当に率直なのね。……そうね、仲良くできるかも」

「ちょっとでも痩せたら告白しましょうね」

「えっ……。あなたがお兄様の御子《おこ》を産んだら……考えてみる、わ……」

「どんなに少なく見積もっても一年くらい先になると思いますけど？　その間に誰かに取られてしまったらどうするんです？」

「そ、それはイヤ」

「だったらわたしが彼にそれとなくティアナ様のことをどう思っているのか訊いてみましょう」

「それとなくよ!?　さりげなくよ!?　絶対ズバリ言ったりしないでよねっ」

「わかりました、気をつけます」

「怪しいものだけど……」

皇女はジト目でオリエッタを睨んだものの、いいきっかけだとは納得したらしい。それまでのぶっきらぼうな態度がやわらぎ、だいぶ打ち解けてくれた。

もともと素直な質ではあり、ティアナはその日の晩餐で野菜から食べ始めた。

少し痩せようと思いますの……と打ち明けられてクリストフは驚いた顔になったが、すぐに察したようにちらとオリエッタを見やると、にっこりと妹に笑いかけた。

「それはいい。ますます綺麗になるぞ」

そんなお世辞……とティアナは顔を赤めたが、さらっとそんな言葉が出てくるクリストフはやっぱり優しい人なのだと、オリエッタは嬉しくも誇らしくなったのだった。

第四章　結婚への試練

いよいよ明日は、待ちに待った結婚式――！

トルソーに着せられた贅沢《ぜいたく》な婚礼衣装を眺め、オリエッタは胸踊らせていた。

衣装は完全にキュオン帝国の様式で、古式ゆかしくもエキゾチック。まるでおとぎ話のお姫様にでもなったような気分だ。

アネモスでは婚礼衣装といえば白だが、キュオンでは白いハイウエストのドレスの上に黒のローブをまとう。

ローブには金糸銀糸の刺繍が施され、小粒のダイヤモンドが散りばめられて光があたるとキラキラとまばゆく光り輝くのだ。

デコルテを飾るのはスターサファイアのネックレス。クリストフから贈られた大きな裸石《ルース》を用いて、父ニコラが黄金とダイヤモンド、真珠を加えて豪奢《ごうしゃ》なネックレスを作ってくれた。

「綺麗ねぇ」

感嘆の溜め息を洩らしたのはティアナ皇女だ。

一昨日の園遊会での忌憚《きたん》ない会話のおかげでかなり打ち解けたティアナは、オリエッタが杏色《アプリコット》の薔薇を気に入ったことを知ると大きな花束に仕立てさせ、それを飾るための美しい花瓶とともに自ら届けに来た。

ついでに一緒にお茶をしようと、アネモスから持参した磁器のティーカップで皇女をもてなした。薄手の繊細なカップに皇女はとても興味を惹かれた様子だ。

「あのスターサファイアはお兄様からの贈り物ね？　でも、こういうデザインはキュオンにはないわ。素敵」

「ネックレスは何種類か持ってきたので、後でお見せしましょう。気に入ったのがあればさしあげます」

「……そうね。ダイエットが成功したら、ご褒美にいただこうかしら」

冗談ぽく言って、ティアナは紅茶を飲んだ。

今日は私的な訪問なので、園遊会のときのような権威的なドレスではない。レースで縁取られた襟は肩に沿って寝かせ、ベルベットのチョーカーをつけている。

スカートはやはりボリュームのある横広がりだ。宮廷貴婦人たちもそうだが、キュオンではまだかっちりしたシルエットのドレスが主流らしい。

ティアナは大仰で動きにくいドレスは好きではないのだが、女官たちが皇女の権威にこだわって、こういうものを着せたがるという。

アネモスの最新ファッションなどについて請われるままに喋っていると、皇帝付きの侍従が現われた。

「ご足労だが、今すぐお越しいただきたいとのことです」

「陛下の宮殿へ？」

「さようでございます」

「何かしら……」

「お式の段取りとかの打ち合わせじゃない？」

ティアナの言葉に頷きつつ、今までのクリストフからすれば自分でやって来そうな気もする。

自分の宮殿へ戻る皇女と別れ、侍従の案内で皇帝の宮殿へ向かった。

侍従が寝室や書斎のある私的領域ではなく、執務室や謁見室がある政庁のほうへ向かっていることに気付き、怪訝《けげん》に思う。

「執務中にお邪魔していいの？」

「こちらでお話があるそうです」

慇懃に応じて侍従はどんどん進んでいく。

こちらもクリストフ自身にざっと案内してもらったことはあるけれど、自分が政治的意見を求められるとも思えない。

（まだ結婚してないんだし……）

結局、連れて行かれたのは小謁見室だった。主に爵位を持たない者の謁見に使われる部屋だと以前に聞いた。

建物の角から張り出した恰好の円形の小部屋で、縦長の窓の前に玉座となる重厚な肘掛け椅子が置かれている。そこにクリストフが憮然とした顔でもたれていた。

彼の前にはごわごわした灰色のフード付きマントをまとった男が跪いている。

オリエッタはクリストフの斜め手前で跪いて一礼した。

「お召しにより参上しました」

決まり文句を教えられたとおりに言上すると、クリストフは頷いて差し招いた。

「こちらへ」

まだ婚約者のオリエッタに玉座は用意されないので、皇帝の右手に少し下がって控える。左手奥のカーテンの陰に親衛隊の騎士が待機している。誰なのかはわからない。

クリストフは腹立たしげに鼻を鳴らして跪く人物を示した。

「オリエッタ。そこに控え居る者は神官でな、神殿からの急使だ」

「神殿?　あの、えぇと……、ハ、ハリルネラ……エズイシュミー女神様、でしたっけ……?」

自信がなかったので小声で確認すると、声をひそめて訂正された。

「ハルリエネエズイシュミー女神だ」

「す、すみません」

「気にするな。後半は合ってた」

鷹揚《おうよう》に言ってもらえたが、神様の名称を間違えるのは大変失礼なので恐縮する。

（キュオンの固有名詞って、時々ものすごく発音しづらいのよね）

あの素敵な毛布の原料となる動物とか。あれはなんだったかしら……？

（パ……パ……パニャカ。そう、パニャカだわ！）

ふたりのひそひそ話を耳聴《さと》く聞きつけた神官が顔を上げ、誇らしげに説明を始めた。

「ハルリエネエズイシュミー女神は、ここキュオン帝国はもとより東大陸の多くの国々で信仰されている偉大なる女神様です。大地母神であり、太陽の化身であり、多くの神々が集う万神殿《パンテオン》を主催し、統括しておられます。キュオン皇家の守護神でもあります」

「は、はぁ……」

オリエッタはますます恐縮して冷や汗をかいた。その物凄《ものすご》く偉い女神様がどうかなさったのだろうか。

（そういえばまだ神殿には行ったことがなかったっけ……）

思い出すと同時に、したり顔で神官が言い出した。

「先ほども申し上げましたとおり、我が神殿は今回のご婚礼について承認いたしかねます」

「ええっ⁉」

驚愕したオリエッタは玉座の背に取りすがって叫んだ。

「何故ですか⁉　わたしが女神様のお名前を間違えたからですか⁉」

「それはない」

きっぱりとクリストフが断言し、神官も苦笑する。

「異国の方ゆえ、今回は大目に見ます。今後はくれぐれもご注意を」

「ごめんなさい、毎晩女神様のお名前を唱えてお祈りします」

「よい心がけです」

神官は殊勝なオリエッタの言葉に気をよくした様子で頷いた。

「あの……。わたし、こちらの信仰についてはまだよくわかっておりませんけれど、信徒としての務めはきちんと果たすつもりです」

「残念ながら、これからでは遅いのですよ」

神官は溜め息交じりにかぶりを振った。

「そんな！　どうして⁉」

「異国生まれの姫君は、当然ながら参拝の回数が足りません。少なくとも年齢以上の回数をこなしていなければ――」

「だから、結婚にそんな条件があるなど聞いてないと言っている！」

「確かに普通はございません」

しれっと神官は言った。

「だったら──」

「皇帝の婚姻は普通の結婚ではありません。国事です。皇帝の妃となる女性はハルリエネエズイシュミー女神の形代となって、皇帝陛下のお側《そば》で御身をお守りすることになるのです」

(そうだったの……!)

驚くと同時に、身の引き締まる思いがした。

「あの。そうしますと、わたしは現在十八歳なので……神殿に十八回お参りすればいいのでしょうか?」

「そんなに待てるかっ、参拝は精々一日二回が限界だぞ!?」

がんばってお参りしますっと勢い込むオリエッタを遮るように、クリストフが怒鳴った。

「結婚式は明日で、すでに準備は整っているのだ。神官長にもそのように通告してある。何故今になって──」

「神官長はここ一月ほど神域で修行しておられました。誰とも会わず、話も交わしていなかったのです。昨日、修行が明けて初めて結婚式のことを知られまして」

「結婚式の後で可及的速やかに二十回参拝する。それでいいだろう」

殺気すら漂う剣呑《けんのん》な目付きでクリストフはぎろりと神官を睨んだ。それまで澄まし顔だった神官がたちまち青ざめ、冷や汗を浮かべて口ごもる。

「そ、そう仰られましても……」

「なら三十回だ！」

「四十回でも！」

クリストフの大声に、オリエッタも勢い込んで追従した。

そもそも自分が熱を出したせいで結婚式が延期になったのだ。今度こそ予定どおりに式を挙げたいという熱意は勝るとも劣らない。

詰め寄られた神官はたじたじとなった。

「し、しかしですね、私は単なる使者でございまして、判断の権限が……」

「ならば神官長に直接尋ねる！」

「今からですか⁉」

「当然だ。結婚式は明日なのだぞ、二度も延期する気はないからな！　さぁ、とっとと神殿に戻って、これから皇帝が参詣すると神官長に伝えるのだ」

蹴りだすような勢いで使いを追い立てると、クリストフは侍従を呼んで今すぐ馬車を用意するよう命じた。

そして待つ時間も惜しいと言いたげに、オリエッタと手に手を取って小謁見室を飛び出したのだった。

「――それが伝統というものなのですよ」

神官長は皇帝に睨まれても動じることなく悠然と返した。

ムッとしたクリストフがますます剣呑な顔つきになる。横目でそれを窺いながらオリエッタはドキドキしていた。怖いのではなく、『素敵……！』と痺れているのである。

帝都近郊の小高い岩山に、ハルリエネエズイシュミー女神の神殿はあった。

周囲は森で囲まれ、神殿のある場所だけが大地からにょっきり突き出したように剥き出しの岩山となっている。

巨岩を荘厳な建築物が囲繞《いにょう》する奇観だが、残念ながらゆっくり見物してはいられない。道が狭くて馬車が入れないため、皇帝といえども徒歩で行くしかなかった。

たまたま参拝に来ていた人々は皇帝とその婚約者が突然現われたことに驚き、喜んだが、クリストフはおざなりに手を振るとさっさと手近な神殿に入ってしまった。

実はすべての神殿は内部通路でつながっていて、外の道を通らなくても目的地へ行けるのだ。一般の信徒は通れず、使えるのは神官（見習いは除く）と皇族のみ。

細かいことを言えばオリエッタはまだ結婚式を挙げていないので皇族ではないのだが、クリストフは強引に押し通った。

そして壱号神殿で女神に祈りを捧げていた神官長に、直談判《じかだんぱん》に及んだのである。

宮殿に遣わされた神官は、途中で皇帝の馬車に追い越され、まだ帰還していない。よって神官長は皇帝の抗議について知らされてはいないのだが、聞かずとも理解した様子で立ち上がり、お話を窺いましょうと貴人用の応接間へふたりを案内した。

オリエッタはなんとなく厳粛な面持ちの厳《いか》めしい髭《ひげ》の老人を想像していたのだが、実際に会ってみると神官長は想像とはまるでかけ離れていた。

まず、完全に極悪人面であった。盗賊団の大親分と言われたほうがよほど納得できる、ふてぶてしい面構えである。しかもその極悪人面を強調するような隈取《くまど》りまで施している。入れ墨ではなく植物性の染料だが、水で洗ったくらいでは落ちず、二週間くらいはもつのだとか。模様によって色々な意味があるそうだ。いずれゆっくり聞いてみたいわ……と思いつつ、オリエッタは神官長を興味津々に眺めた。

長というのだから、この神殿で一番偉い神官であるはずだ。顔は極悪人面でも本当に極悪人だったらそんな地位に就けるはずがない。もしそうなら悪魔崇拝か何かだろう。

極悪人面ではあるが、神官長の声は豊かな響きのバリトンだった。話し方にも落ち着きと貫禄が感じられ、人品卑《じんぴんいや》しからぬ人と思われる。

「お知らせが遅くなったのは大変申し訳なかったと思っております、陛下」

神官長は慇懃に頭を下げた。極悪人面ゆえ、恐縮しているようには全然見えない。

「結婚式は明日なのだ。すでに一度延期しているゆえ、これ以上は延ばしたくない。そんなことをすれば姫の故国にいらぬ誤解を与えてしまうやもしれぬ」

「お気持ちはわかります、陛下。しかし、皇妃はハルリエネエズイシュミー女神様の謂《い》わば代理ともいうべき重要な存在で――」

「それはもう聞いた！　年齢と同数以上の参拝が必要だという理屈もわかる。しかし今からではどうやっても無理だ」

ここに来る馬車のなかで聞いたのだが、参拝というのは神殿ごとに蠟燭を一本捧げ、燃え尽きるまで祈りを捧げることで、この神域には神殿が二十五箇所もあるのだ。

その二十五箇所の神殿を一回りして、やっと正式参拝一回と数えられる。

つまり。十八回の正式参拝をするためには、二十五×十八回＝四五〇回の祈りを捧げねばならない。

ちなみに蠟燭一本が燃え尽きるのにかかる時間は十五分。単純計算でも十五分×二十五神殿で、正式参拝一回につき六時間以上かかる（神殿間の移動や休憩時間は含まれない）。

勢いで四十回などと叫んでしまったが、十回だってかなり厳しい。もちろん、一日でやれという話ではなく、ふつうは年に一度か二度、丸一日かけて行なうのだ。

結婚式が始まるのは明日の午前十一時。今はもう前日の昼を過ぎてしまった。宮殿に戻る時間や支度にかかる時間を考えたら、徹夜したってせいぜい三回が限度だろう。

オリエッタは意を決し、クリストフの隣で身を乗り出した。

「ハル……女神様を始め、東大陸の神々については不勉強で、本当に申し訳なく思っています」

舌を噛みそうになって咄嗟《とっさ》に省略してしまったが、神官長は突っ込まないでくれた。やはり顔に似合わず優しい人だわ、と確信を深める。

「わたしは陛下の妻として生涯にわたってお支えするつもりです。この気持ちに嘘偽りは微塵《みじん》もありません。そのことを女神様に知っていただくためにも、せめて時間ギリギリまで挑戦させていただけませんか。もちろん、一度や二度の参拝では無理なのはわかっておりますが、そこをなんとか！」

神官長は、じっとオリエッタを見つめた。臆せず神官長を見返す。やましいことなどひとつもない。口にした言葉は偽らざる本心だ。やがて神官長は、ゆっくりと頷いた。

「いいでしょう。偶然とはいえ私の対応の遅れも原因のひとつであることは間違いありません。——では、おふたかたには試練を受けていただきます」

「試練……だと？」

不審げにクリストフが眉をひそめ、オリエッタも怪訝に思った。

「陛下もですか？　でもクリストフ様は、とっくに必要回数をこなしていますよね？」

「いや、どうだったかな……」

クリストフはにわかに焦った様子で顎を撫で、神官長がニヤリとした。

「陛下の参拝回数は二十二回です。五回ぶん足りませんね。……おっと、それではなおさらおふたりの結婚を認めるわけには」

「試練とはなんだ⁉」

やけくそのようにクリストフが怒鳴る。

神官長はびくともせず、厳かに答えた。

「空《くう》神殿で一晩過ごしていただきます」

「空神殿？　はて、そんなのあったか？　覚えがないな……」

「零号神殿とも言います。公式にはここには二十五の神殿があることになっていますが、実はもうひとつあるのですよ」

そこは他の神殿と違い、特定の神の御座所《ござしょ》とはなっていない。

「心に深い迷いや悩みを抱えた者が空神殿で一晩過ごせば、ご神託《しんたく》を得られる……と昔から言い伝えられております」

「私は迷ってなどいないぞ。悩みも特にない。オリエッタとどうしたら明日結婚できるのかということ以外はな！」

自信満々に言い切られ、剛胆な神官長もさすがにたじろいだ。

「陛下には政治上のお悩みも多々あるかと存じますが……」

「そういったことは自分たちで解決できるし、すべきことだ。わざわざ神々を煩わせるまでもない」

　きっぱりと言い切るクリストフを感心したように眺めて神官長は頷いた。

「仰るとおりです。……では、目下唯一の悩みである、『明日結婚式を挙げられるか?』について、神意を問う……ということで、いかがでしょうか」

「まさか神々が今回の結婚に反対しておられる、などと言い出すのではあるまいな?」

　疑惑の目で見られた神官長は苦笑した。

「私は何も申し上げません。空神殿でお過ごしになられた後、陛下がどのようにお感じになるか、でございます。姫君も同様」

「どう感じるか……ですか?」

「今回の結婚について思うところ。正直な気持ち――」

「嬉しいです、とっても!」

　笑顔ではきはき答えると、目を丸くした神官長は何故かげんなりした風情で嘆息した。

「……ともかく、試練を受けていただきます」

　若干、応対が投げやりになった気がした。

　神官長は鈴を振って他の神官を呼び寄せると、ふたりを空神殿へ案内するよう指示した。

「それと、託宣香《たくせん》の用意もな」

　神官長の言葉が、ふと耳に留まる。

「託宣香？　なんですか、それ」

「神々と繋がりやすくするために焚く薫香です。我々神官も瞑想《めいそう》時に用います」

「なら怪しげなものではないな」

クリストフの呟きに、神官長が謎めいた微笑を浮かべる。

極悪人面のせいで、邪悪にほくそ笑んでいるようにしか見えない。オリエッタは思わず警戒心を抱いたが、クリストフは別の方向を見ていて気付かなかったようだ。

神官長と別れ、神官の案内に従って空神殿へ向かう。神殿内部の通路をたどっているので、地上ではどの辺りなのか見当もつかない。

最初は下り、また階段を上って、下って、上って、また上って、とますますわからなくなる。

「空神殿とやらは、地上からは行けないのか？」

たまりかねてクリストフが尋ねると、中年の男性神官は厳粛な面持ちで振り向いた。

「場所は秘密です。通りに面しておりませんので、直接入ることはできません。一般信徒であれば目隠しもしてもらいます」

クリストフは肩をすくめ、憮然と鼻を鳴らした。

やがて小さな扉が現われた。オリエッタでさえ身をかがめなければならないほど楣《まぐさ》の位置が低い。大柄で上背のあるクリストフは膝をつかねばならなかった。

中に入ると、そこは円形の部屋だった。広さは宮殿の小食堂ほどだろうか。上に行くほど壁が窄《すぼ》まっているので、塔の内部のようだ。

中央には椅子八脚が並ぶ丸テーブル、壁には台形に壁をくり抜いた窓が八つ並んでいる。鳥の侵入を防ぐためか鉄格子が嵌められていて、鎧戸《よろいど》が内側にあった。

窓の外を覗いてオリエッタは歓声を上げた。

「わぁ、森があんなに下に！」

「……ああ、中央の塔の中なんだな」

歩み寄ったクリストフが窓から覗いて頷く。

入り口でふたりの様子を見ていた神官が、袖手《しゅうしゅ》で一礼した。

「後ほど灯をお持ちします。粗末なものですが、食事と飲み物もご用意いたします」

「ここで夜明かしするのか？」

「いえ、上にもうふたつ部屋があります。寝台は合わせて三つございまして、どれを使っていただいてもかまいません。ただし明朝、日が昇るまではこの扉をお出になりませぬよう。ご用の際は、こちらの紐をひいていただければ当直のものが参ります」

神官が示した先には壁のくぼみがあり、そこに太い紐が下がっている。覗いてみると壁が管のようにくり抜かれていて、下のほうでベルが鳴る仕掛けだ。

神官が下がり、上の部屋を見に行く。二階部分は階下より一回り小さく、簡素な寝台がふたつ並んでいる。窓は四方にあった。

その上の部屋はさらに狭かったが、天井は塔の木組みが剥き出しになっているので、けっこう高い。真ん中にいくらか幅の広い寝台がひとつだけ置かれている。

ここにも窓は四方にあったが、階下とは方角が四十五度ずらしてあった。窓の位置は高く、それぞれの前に祈祷《きとう》用の高い机が据えられている。

机には隅を金属で補強し、固い表紙のついた祈祷書が置かれていた。開いてみると一ページごとに美しい彩色が施され、独特の字体で祈祷文が書かれている。

「……え。これ、何語なの?」

文字は共通なので読めなくはないのだが、意味が全然わからない。

「神の言葉とされるものだ。内容を理解するためには神官に説明してもらう必要がある」

参拝回数が実は足りていなかったクリストフだが、祈祷文の内容は大体頭に入っている。それは東大陸に広がる神話の集大成とも言うべき壮大なものだった。興味深く聞き入るうちに時が過ぎ、窓から入る光が弱くなった。

階下に下りるといつのまにかテーブルの中央にどっしりした枝付き燭台が置かれ、蠟燭に火が灯《とも》されていた。他にふたつの一本刺しの燭台があり、予備の蠟燭も用意されている。

灯の側で祈祷書を眺めながら話をしていると、先ほどの神官が大きな籠で夕食を運んできた。冷肉と茹《ゆ》で豆、パン、チーズといった料理がテーブルに並び、ワインが注がれる。神官が下がるとゴブレットを掲げて乾杯し、食事を始めた。

味付けは塩のみで、冷肉には薬味として馬大根《ホースラディッシュ》が添えられている。パンにはハーブが練り込まれていた。

「ふたりきりで食事をするのは久し振りですね」

「ああ、そうか。船以来……だな」

オリエッタは口許をほころばせるクリストフに上機嫌で頷いた。

「大勢で摂る食事も楽しいけど、たまにはふたりきりもいいですよね」

「そうだな。さっさとティアナを嫁がせるか」

「もうっ、そんな意味じゃありません！」

軽く睨み、ふと思い付いた。

「……お嫁入り先はもう決めていらっしゃるのですか？」

「いや。そろそろ考えたほうがいいかと思い始めたところだ。――なぁ、オリエ。もしかしてティアナには好きな相手でもいるのかな？」

「どうでしょう。何か心当たりでも……？」

ドキドキしながらさりげなく返すと、クリストフは眉根を寄せ、こめかみを指で擦った。

「そういうわけではないのだが……。ほら、突然『少し痩せようと思う』なんて言い出しただろう？　今までそんなこと一度も口にしたことがないのに。誰か意識しているのかと思って」

妹の片恋相手が誰なのか、わかってはいないらしい。

「……案外、身近にいるかもしれませんね。たとえば……親衛隊の騎士とか？」

「親衛隊員か？　ふぅむ……」

クリストフは考え込みながら顎を撫でた。

（ちょっと露骨すぎたかしら）

せっかくティアナが告白に前向きになったのだから、できるだけのお膳立てはしてあげたい。

「ティアナ様は、優しい雰囲気の男性がお好みのようですわ」

「それは確かだな。私は荒っぽくて嫌われている」

「えっ⁉　そんなことないですよ」

オリエッタはびっくりした。どうも兄妹間で齟齬《そご》があるらしい。

「ティアナ様は、小さい頃にお兄様が怖い～と泣いたことを申し訳なく思っているそうです！」

「そうか？　ならいいんだが。怖がらせたことが今でも悪くてな」

「ばあやさんから怖いお話を聞かされたせいらしいですよ」

また悪者にしてごめんなさい、と心の内で顔も知らないばあやにわびる。

「ああ、躾けのために怖がらせたんだな。よくある話だが、ティアナはああ見えてけっこう繊細だから」

「繊細だからこそ、あのようになってしまわれたんです！」

「なるほど……」

クリストフは粛然と頷いた。

「優男系の騎士とそれとなく見合いさせてみるか。しかしそんな奴が親衛隊にいたかな」

首をひねる鈍感な皇帝に、オリエッタは呆れた。

（いつも近くにいるじゃないの）

「そうですね～、わたしが思い当たるのは……フローリアン、とかっ？」

さりげなく、と意識しすぎて逆に声が裏返ってしまったかも。

クリストフはちょっと妙な目付きでオリエッタを眺め、肩をすくめた。

「フローリアンか……。まぁ、確かに見た目はな」

なんだか奥歯に物が挟まったような言い方だ。

（はっ⁉　もしや実は性格が物凄く悪いとか⁉　結婚したら態度が豹変《ひょうへん》してティアナ様に『この豚め！』とか暴言を吐きそうだとか……⁉）

そんな嗜虐《しぎゃく》的な人物だったらどうしよう……と冷や汗をかいていると、意外とあっさりクリストフは頷いた。

「まぁ、試してみるのも悪くはなかろう。人の好みは十人十色と言うからな」

「あ、あのっ、さりげなく！　それとなく！　でお願いします！　ティアナ様は本当に、本当ーに、繊細なんですからっ」

「何をそんなに焦っている？　心配するな、舞踏会か何かでエスコートを任せればいい。皇帝が自分の親衛隊員に女性親族のエスコートを命じるのは自然なことだ」

「そ、そうですね」

「その後で、それぞれに相手の印象など訊いてみればいい。さりげなく、それとなく、な」

何故か皮肉っぽく言われ、オリエッタはまごつきながら頷いた。

それからはなんとなく双方黙り気味に食事を終えた。

食器類を片づけに来た神官に水とお湯を頼み、最低限の身繕いを済ませる。すでに日は落ち、外は真っ暗だ。室内にはいつのまにかどこからともなく不思議な香りが漂いはじめていた。神殿で焚かれる薫香だろう。

(そういえば、託宣香とかいうものを用意すると言っていたけど、これがそうなのかしら？)

枕元とかで焚くのだと思っていたのだが。この香りはどこから漂って来るのだろう。

「――日も暮れたな。どこで寝る？」

ぶっきらぼうにクリストフが尋ねた。さっきから彼は妙に落ち着かなげにそわそわしている。

どうしたのかしら……と気にしつつ、オリエッタは考えた。

挙式はまだだが実質的にはすでに夫婦、何度も情を交わしているとはいえ、ここは神殿の一角だ。別々に休んだほうが、たぶんいいのだろう。

「二階……ですか？　寝台がふたつありますし」

クリストフはどこか上の空な様子で頷いた。髪を掻き上げたり、腕をさすったり、ますます落ち着きがない。

「あの、クリス。もしや身体がかゆいのですか？　じんましんとか」

「んっ？　いや！　なんともないぞっ」

明らかにぎくっとして、彼はぶんぶんかぶりを振った。

（怪しい……）

蚤《のみ》とかいるわけではなさそうだけど。だったら側にいた自分だってかゆくなるはず。

クリストフは眉根をぎゅっと寄せ、大きく咳払いした。

「あー、思ったんだが……。神託というのは、やはり夢でもたらされるのだろうな？」

「え？　あ、そうですね。たぶん……」

まさか神様が実際に出現する……とかいう話ではあるまい。東大陸の神々は気さくに人前に現われるのかもしれないが、今のところそういう話は聞いていない。神官長の口ぶりからして、やはり夢の御告げなのだろう。

「御告げを得るためには、ひとりで眠ったほうがいいかもしれないな。だから、今夜は別々に眠ろう」

「だから二階の……」

「そうではなく、部屋ごと別にすべきだ。つまり、私は二階で寝るから、貴女は三階だ」

「だったらクリスが三階でおやすみになってください。さっき見たら、三階のほうが部屋は狭いけど寝台は大きかったです」

「いや！　貴女に求婚するとき『下にも置かない』と誓ったのだ。だから貴女が上だ」

部屋の割り当てには関係ないんじゃ……と思ったが、言い争うほどでもないのでここは素直に従っておく。

他にすることもないので早々に寝室へ引き取った。クリストフの挙動不審がどうにも気になってもうしばらく側で様子を見ていたかったのだが、早く寝たほうが良いご神託が得られるはずだ！　と謎の主張をされて最上部の部屋へ押し込まれてしまった。

「用心のため鍵もかけるのだぞ、いいな？」

妙に据わった目付きで念を押され、こくこく頷く。

扉を閉め、クリストフが階段を下りていく足音に耳を澄ませてオリエッタは溜め息をついた。

「なんなの一体……」

用心のためって、まさか神殿に泥棒が出るとでも？

過保護にもほどがあるわと思いつつも言われたとおりにしようとしたのだが、扉には鍵穴もなければ掛け金もついていない。オリエッタは肩をすくめた。

「……クリスが下にいるんだもの、大丈夫でしょ」

燭台を窓際の机に置き、外出用のドレスを脱いで下着《シュミーズ》だけになる。

寝台には清潔なシーツと毛布がかけられていた。宮殿で愛用しているパニャカの毛布ではないが、わりと厚めで目が詰まっているからじゅうぶん暖かそうだ。

シーツとシーツの間にもぐり込み、少し冷たかったので足を擦り合わせる。

そのうちに体温でだんだん暖かくなってきて、オリエッタはうとうとしはじめた。

(クリス……大丈夫かしら……)

ほんのり甘くてぴりっとした、スモーキーな香りがこの部屋にも仄かに漂っている。気分の落ち着く香りだ。クリスも落ち着いてよく眠れますように……。

女神様からご託宣をいただくことなどすっかり意識から飛んでしまい、大好きなクリスのことばかり考えながらオリエッタの意識がふっと途切れたとき。

ぎしっ……と階段の軋む音が暗闇に響いた。

オリエッタは夢を見ていた。クリストフに抱かれ、愛を注がれる夢だ。

（いやだわ、はしたない……）

夢のなかで恥じらい、頬を染める。

（でも……気持ちいい……）

夢だとわかっていても陶然としてしまい、オリエッタは甘い溜め息をついた。

火照った身体を大きな掌が這い、秘処にもぐり込んだ指先が優しく花芽を撫で転がす。下腹部が疼き、夢うつつのままオリエッタは愉悦を極めてしまった。

「ぁ……」

恍惚の吐息を洩らし、うっとりと腰をくねらせる。腿を押し広げられ、滾る欲望が蜜口に触れた。なめらかな先端が濡れた隘路にぬくりと滑り込み、オリエッタは背をしならせた。

「ぁん……っ」

ずぷぷっ、と一気に入り込んだ雄茎が奥処に突き当たり、心地よい衝撃で眼裏に火花が散る。

一旦引かれた腰はすぐに戻ってきて、リズミカルな抽挿が始まった。

じゅぷじゅぷと蜜をかき混ぜられ、突き上げられるままにオリエッタは腰を振りたくった。

「はぁ……っ、あん、んんっ……」

ああ、なんて気持ちいいの。夢なのに……こんな……。

腰を打ちつけながら花芯を指で摘まんで剥かれ、いっそう快感が鮮明になる。深く結合しながらごりごりと押し回され、オリエッタは眩暈を覚えながらふたたび絶頂した。

現実のクリストフはいつも甘やかすように優しく抱いてくれるのに、今はまるで違う。強引で、容赦がなくて、荒々しくて――。

（いつもと違うから……なんだか昂奮しちゃう……）

ひくひくと痙攣し続ける花襞を執拗に突き上げられ、腰を揺らしながらオリエッタはポッと頬を染めた。

（夢なんだもの、思い切って大胆になっても……いいわよね……？）

「クリス……。もっと、奥処……突いて」

うっとり呟くと一瞬抽挿が止まった――かと思うと、やにわに激しい刺突が始まった。

「……こう、か？」

情欲を滾らせた低い囁き声に、オリエッタはがくがくと頷いた。

「あ！　あ！　あ！　あんんっ……！　い、いぃっ……！」

頭を左右に振り、しどけない嬌声《きょうせい》を上げて身悶《みもだ》える。

「もっと……もっとしてぇ」

「……そう煽《あお》るな、壊してしまうではないか」

「壊して！　めちゃめちゃにしてぇっ！」

あられもなく絶叫しながら、頭の片隅では理性的な自分が『きゃあぁっ、わたしったらなんてことを！　恥ずかしい～！　お嫁に行けな～い！』などと転げ回っていたりして……。

(ゆ、夢だから、いいのよっ)

赤面しつつオリエッタは苦しい言い訳をした。

(夢なんだもの、クリスに知られて呆れられる心配もないわ)

大好きなクリストフにだけは、断じて軽蔑されたくない。

彼との交歓にはなんの不満もなく、いつだって最高に満足している。だが、いつも優しい彼が野獣に豹変して襲いかかってくるというシチュエーション(夢だけど!)には、正直ものすごくドキドキした。

「ああ、クリス。なんて素敵なの……っ」

四肢を絡めてしがみつき、オリエッタは情熱のままにうっとり叫んだ。

「……激しいほうが好みだったのか?」

とまどったような呟きに若干の違和感を覚えつつ、無我夢中で頷く。

「激しいのも優しいのも好きっ……クリスにされるのはなんでも大好き……! 好きなようにしちゃってぇ!」

「では、そうさせてもらおう」

荒々しく言い放ち、ふたたびずぅんと奥処を抉られる。

「ひぃッ」

かすれた悲鳴を上げて、背をしならせる。目の前で火花が踊り、オリエッタは自分が目を開けていることに遅まきながら気付いた。

（……あ、れ……？）

ちょっと、この感覚は具体的過ぎない……？　淫夢にしたって、これは——。

ずぷずぷと熱杭に貫かれ、猛る先端でごりりと奥処を抉られる。下腹部が激しく疼き、オリエッタはカッと目を見開いた。

夢じゃない！　これは、本当に——……!?

「——ク、クリス!?」

すっかり短くなった蠟燭の灯が、のしかかる男の顔にくっきりとした陰影を刻んでいる。忙しなく熱い吐息とともに断続的に腰が打ちつけられ、ぎしぎしと寝台が軋んだ。

「ちょ……な、何をっ……ぁふっ」

ひときわ強い衝撃に、思わず甘い嬌声が洩れた。いつのまにか秘処は愛蜜で濡れそぼり、柔軟に蠢く花筒を前後する剛直に淫靡にまといついている。

「や……っ、何、してっ……!?」

「すまん……。どうにも……抑えきれなくてな……」

呻くように呟いて、さらに彼はずくずくと腰を突き入れた。夢うつつの状態ですでに達してしまった蜜襞は、新たな快楽を期待するかのようにひくんひくんと痙攣を繰り返している。

「やけに大胆と思えば……夢だと思っていたのだな」

「あんん」

揺さぶられながら懸命に頷く。高揚する肉体とは裏腹にオリエッタは泣きたい気分だった。

「生憎《あいにく》なことに、現実だ」

本当に生憎すぎる。正気ではとても口にできないような懇願を、現実のクリストフにばっちり聞かれてしまった。

（ど、どうしよう。軽蔑されちゃう……⁉）

クリストフはしかし、オリエッタの狼狽《ろうばい》を余所《よそ》に歯噛みするように呟いた。

「く、っそ……！　なぜ鍵をかけなかったのだっ……」

「な、かった、の……っ」

剥き出しの肌がぶつかり合い、パンパンと淫らな音が響く。猛々《たけだけ》しく抽挿しながら、クリストフは苦悶の表情を浮かべている。

「貴女にだけは、嫌われたくなかったのに……！」

オリエッタは目を瞠り、そっと彼の頬に手を伸ばして微笑んだ。

「大丈夫……だから……」

うなじに腕を回して引き寄せ、唇を合わせる。クリストフは一瞬身体をこわばらせたが、荒々しく舌を滑り込ませた。じゅううっと舌の根元を強く吸われて涙がにじむ。

彼は詫びるように唇をついばみながら囁いた。

「すまない……」

「い……の……」

舌足らずに応じ、彼の腰に足を絡める。挿入の角度が深くなり、腹底にずんずんと衝撃が伝わった。逞しい背にすがり、憑《つ》かれたような抽挿に合わせてオリエッタは淫らに腰を振った。

「んんっ、んっ、んっ、あんっ、あぁん」

「……悦いか、オリエ」

「悦いっ……、気持ちぃ……っ」

がくがく頷くと、クリストフの苦しげな顔が少しだけやわらいだ。

彼は猛然と腰を振り立て、オリエッタを追い詰めた。眼前でチカチカと光が瞬き、目も眩《くら》むような絶頂が訪れる。

呻いたクリストフが腰を押しつけると、びゅるりと噴き出した精が痙攣する花びらを熱く濡らした。

それでは終わらず、彼は低く毒づくと猛ったままの肉棹を苛立《いらだ》たしげに抜いた。恍惚と放心しているオリエッタの身体を裏返し、腰を掴んで引き寄せる。

「あ……なに……？」

しっとりと汗ばんだ白い尻朶を掴まれ、左右にぐいと割られてオリエッタは焦った。

「や、やだ！　だめっ」

そんなことをしたら後ろの窄まりまで見られてしまう。クリストフにならの恥ずかしい場所を暴かれても我慢できるが、さすがにそこは遠慮していただきたい！

腰を高く引き上げられた不自由な恰好でじたばた暴れたが、もとより頑健な体格の男に敵《かな》うわけがない。しかも今のクリストフはちょっとどころではなく奇怪《おか》しくなっている。理由はわからないけど！

「ああ、オリエッタ。貴女はどこもかしこも愛らしく、なまめかしすぎる……っ」

昂奮しきった声で呟くなり、クリストフは後ろから秘処にむしゃぶりついた。濡れた粘膜を熱い舌でなぶられ、淫蜜を啜《すす》られてオリエッタは仰天した。

「きゃあんっ！　やぁっ、だめぇぇぇっ」

ずぅんと重い愉悦に下腹部が痺れる。

秘処を舐められたことは何度もあるが、後ろからされるのは初めてだ。

たまに彼の上に乗せられることはあっても、いつも抱き合うのは正面からで、唇を合わせながら彼と身体を繋げるのがとりわけ幸せに感じられて好きだった。

背後からだとクリストフの顔が見えないのでなんだか不安だ。しかし、やっと彼が秘処から顔を上げてホッとしたのもつかのま、猛々しい剛直が後ろから有無を言わせず押し入ってきた。

「ひぃぃい⁉」

反射的に涙がぶわりと盛り上がる。彼の腰が尻朶に当たり、先ほどより遥かにいやらしい交接音が響く。シーツに頬を押し当て揺さぶられながら、しかしオリエッタもまた今までにない昂奮を覚えていた。

(あぁ……ッ、すごいぃぃ……!)

いつもと違う場所をぐいぐい擦られて、悲鳴じみた嬌声が止まらない。オリエッタは両手でシーツを握りしめ、伸びをする猫みたいにお尻を高く上げて悶えた。

(やぁっ、何、これっ……)

とある一点を張り出したエラで擦られるたび、勝手に腰が跳ね、甲高い悦がり声が出てしまうのだ。

過敏な反応に気付いたクリストフは、オリエッタの腰を抱え直すとさらに激しく内奥を穿ちはじめた。

「……ここが好きか?」

「あんっ、んんっ」

答えることもできず、がくがくとかぶりを振る。フッとクリストフは息を洩らし、褒めるようにオリエッタの背筋のくぼみを撫でた。それだけで、びくりと背がしなってしまう。

刺突がひときわ激しくなり、ふたたび熱い精が震える花陰に浴びせられる。それでもなお、クリストフの欲望は萎えなかった。

「ふぁ……あ……ぁ……」

過ぎた快楽に意識がぼやけはじめる。彼はつながったままオリエッタの身体を回転させて膝の上に抱き上げた。逞しい胸板に朦朧ともたれかかると、顎を掬われ唇をふさがれた。

「ん……」

間近で見上げた彼の瞳には、未だ情欲の炎が燃え盛っている。オリエッタは熱い吐息を洩らし、自ら彼にすがりついて唇を押しつけた。

箍《たが》が外れた嬌宴は、まだまだ終わりそうになかった。


「……もう夜明けだわ」

寝台に横たわった男の背をゆっくりと撫でながら、オリエッタは呟いた。

「…………そうだな」

魂が抜けたかのように、クリストフがぽつりと返す。

ふたりは乱れた寝台のなかで惚《ほう》けたように抱き合っていた。絶倫状態のクリストフに延々と挑まれ続け、やっと彼の気が済んだ頃には夜が白みはじめていた。

その間オリエッタは何度も気絶した。恍惚で意識を失い、また快感で目覚めさせられる。

最後に気を失って、ふと意識が戻るとぎゅうぎゅうに抱きしめられていた。たぶん息苦しくなって目覚めたのだ。

　クリストフは起きてはいたが、ひどく落ち込んでいる様子で、しばらく顔も上げなければ口もきかなかった。オリエッタがあやすように背中を撫でていると、ようやく彼は溜め息をついて顔を上げ、『すまなかった』と詫びた。

「いったいどうしちゃったの？」

「わからん……」

　彼は歯がゆそうに唸《うな》った。

「食事を終えてしばらくしたら、妙に滾ってきてな……。あんなふうに矢も盾もたまらず、したくてしたくてしょうがなくなったのは、まったくもって初めてだ」

「食事に何か入っていたのかしら……」

「それならオリエだって変になるはずだ。冷肉もパンも切り分けて食べたのだし、ワインも同じ瓶から注いだ」

「そうよね」

「貴女は全然平気なのか？　身体が妙に火照るとか、あらぬ場所が疼くとか」

　不審そうに問われ、顔を赤らめながら頷く。

「なんともなかったわ。くつろいで、ゆったりした気分でした。いい香りがしていたし……」

「香り？」

「ええ、お香だと思うけど」

「気付かなかったな」

「えっ……そう？　けっこう匂ってましたよ。特に一階は」

「……鼻が詰まっていたか？　いや、そんなはずはないな。ワインの香りはちゃんとわかった」

「なら、お香の匂いだってわかったはずだわ」

ふたりは同時にハッとして顔を見合わせた。

「──託宣香！」

期せずして同時に同じ言葉を口にする。

「もしかして、男女で効能が違うのかもしれませんね！」

「しかし……男だけムラムラさせるなど、傍迷惑《はためいわく》どころか危険極まりないではないか」

憤然とするクリストフに、ちょっといじわるな気を起こしてオリエッタは皮肉った。

「わたしがいなかったらどうなったのかしら？　それか、たまたま他の女性が近くにいたりしたら……」

「も、もちろん貞操は死守するぞ！　私にとっては貴女だけが唯一無二の女性であって、その他の女など美女だろうが醜女だろうが十把《じっぱ》一絡《ひとから》げ、そこらに生えてる雑草以下だ！」

「本当かしら」

「信じてくれぇっっ」

必死に機嫌を取られ、つーんとそっぽを向きながら内心では嬉しくてオリエッタはにまにましていた。

「拗ねないでくれ、愛しいオリエ。乱暴にして悪かった。貴女があまりにかわいくて……いつもは壊してはいかんと自制しているのが、あの変な香のせいで箍が外れてしまったのだ」

外れたどころか、桶《おけ》もろともバラバラに全壊したとしか思えなかったが。

「正気じゃなかったのは確実なので、許してさしあげます。……それに、たまになら、ああいうのも悪くない……気もするし」

「そうか⁉」

「たまに、ですよっ」

「わ、わかった。自粛する」

クリストフは焦って何度も頷いた。一睨みされた家臣が震え上がって田舎に蟄居したと恐れられる皇帝も形無しだ。すっかり満足して彼に抱きつき、唇を押しつける。

しばらくいちゃいちゃと睦《むつ》み合い、ふと思い出してオリエッタは眉をひそめた。

「……あのお香。確か、神官も瞑想時に用いるって神官長が言ってましたよね？」

「冗談じゃない、あんなに居ても立ってもいられないほどムラムラしていたら瞑想どころではないぞ」

きっぱりとクリストフが言い切り、オリエッタは彼の煩悶《はんもん》に思いを致して気の毒になった。

（──あ。でも待って）

瞑想時に用いると聞いたクリストフが、それなら安心だ……と呟いたとき。神官長は意味深な微笑を浮かべてはいなかっただろうか。

神官長ともあろう人が嘘をつくとも思われない。しかし、何事か起こることを見越していたようにも思える。

あれこれ意見を出し合ったが、他に思い当たる節はなかった。

そのうちに鎧戸の隙間から曙光《しょこう》が射しはじめる。

鎧戸を明け、森の向こうに昇る朝日を、ふたりして毛布にくるまって眺めた。

「……結婚式、どうなるのかしら」

「もちろん決行だ」

まじめくさった口ぶりに笑みがこぼれる。オリエッタは逞しい胸板にもたれて吐息を洩らした。女神様の御告げがどうであろうと、絶対に彼の側を離れない。

そう、決めた。

「ご神託は得られましたかな?」

したり顔で尋ねる極悪人面の神官長を、クリストフはじろりと睨んだ。

「何を仕込んだ?」

「はて、なんのことでしょう」

「とぼけるな。妙な香など使いおって。あれで『試練』に打ち勝てなかったのだから結婚は認められないとかなんとか、ケチをつける気であろう」

「とんでもない。昨夜陛下が経験なさったことが、すなわちハルリエネエズイシュミー女神様のご神託でございます」

神官長は袖手してうやうやしく一礼した。

「確かに昨夜の試練では託宣香を用いました。ですが昨日も申しましたとおり、託宣香は我々神官が瞑想時に用いるもので、けっして怪しいものではありません」

「……ムラムラしないのか?」

「おや、陛下はムラムラなさったので? それこそ女神様の神託ですな。――いや、からかっているのではございません。あの香は、人により、また時により、違った効果をもたらす不思議な香なのですよ」

「人により、時により?」

「はい。同じ人物であっても、その時々で作用が異なるのです。香りそのものも、濃厚に感じたり、まったく匂いがわからなかったりもします。実際、陛下は以前にも託宣香をかいでおられるのですよ」

「そうなのか?」

面食らうクリストフに神官長は頷いた。

「皇族が神殿でご祈祷を受けるときには必ず焚きますので」

「……そのときはムラムラしなかったはずだ。そんな面妖なことがあれば絶対覚えているはず」

「ハルリエネエズイシュミー女神は豊穣《ほうじょう》の神、結婚や夫婦和合を司《つかさど》る神でもあります。よって、陛下がム……、ごほん、姫君をたまらなく愛しく感じられたのは、この結婚を女神様が祝福なさっているという証かと」

「そうか！　うむ、そうだな、そうに決まっている！」

にわかにクリストフは上機嫌になって頷くと、オリエッタの腰を引き寄せ、人目も憚らずチュッチュと顔じゅうにキスしはじめた。

「あ、あのっ、わたし自身は特に異変はなかったのですけど、それは、どういう——陛下、後になさってくださいっ」

「む」

押しやられたクリストフはしぶしぶキスはやめたものの、自分のものだと主張するがごとく、抱きしめる腕を離そうとしない。頑健な体躯の皇帝をなんとか押し戻そうと足掻《あが》くオリエッタを、どこか気の毒そうに眺めつつ神官長は頷いた。

「気分が悪くなったり、逆に妙に浮かれた心持ちになったりは？」

「どちらもありません」

抵抗を諦め、ぎゅうぎゅう抱きしめられたままげんなりと溜め息をつく。

「どんな気分でしたか」

「とても落ち着いて、ゆったりした気分でした。……陛下に襲われなければ、朝までぐっすり熟睡できたはずなのに」

横目でじろっと睨むと、一瞬たじろいだクリストフは詫びのつもりかさらにぎゅうぎゅう抱きしめてきた。

神官長もまたげんなりした風情で眉尻を垂れる。

「それもまた女神様のご神託ですな」

「鷹揚に構えていなさい……とか？」

「そう！　まさしくそれです。姫君には審神者《さにわ》の素質がおありのようだ」

感心したように神官長は何度も頷いた。警戒したように、クリストフがさらにぎゅむっとオリエッタを抱きしめた。

「姫は私の妻になるのだ。神殿にはやらんぞ」

執着心を隠そうともしない言動に、オリエッタは半分呆れ、半分危ぶんだ。

（もしかして、まだ託宣香の効果が抜けていないのかしら？）

「参拝はしていただきますよ」

「約束は守る。――毎月ふたりで参拝しような」

甘い顔で囁かれればやっぱり嬉しくなって、オリエッタは頬を染めながらこっくり頷いた。

「では、どうぞお帰りください。私も準備が必要ですので」

とっとと帰れと言外に言われた気もするが、双方ともに準備が必要なのは本当だ。

急いでふたりは馬車に乗り、宮殿へ向かった。

宮殿に帰り着くと、やきもきしながら待ち構えていたヴァンダと女官たちによって、すぐさまオリエッタは風呂に突っ込まれた。

「もうっ、何をなさっていたんですか！　ああ、いいです、後でじっくり聞きますから！　とにかく今は急いでお支度をっ」

こめかみに青筋をたててヴァンダが怒鳴り、戦争のような騒ぎになった。昨夜の行為のせいでとにかくすぐ湯浴みはしたかったけれど、ゆっくりくつろいでいる暇などない。

全身丸洗いされ、数人がかりで髪を乾かし香油を塗り込み、お肌の手入れに爪の手入れ。

それが済むと待機していた結髪師《かみゆい》が呼ばれて髪を鏝《こて》で巻いたり編み込んだり。お腹が空いたと訴えれば雛鳥《ひなどり》のごとく女官に軽食を口に運ばれた。

婚礼衣装を着付けて化粧を施し、最後にスターサファイアのネックレスをつけてやっと完成。額をぬぐったヴァンダが、ほーっと大きな溜め息をついた。

「はぁ、どうにか間に合った……！」

女官たちも同様に汗をぬぐいながら安堵の笑顔で頷きあう。

「さっ、礼拝堂へ参りますよ！　迎えの馬車は？」

「とっくに来てます！」

女官のひとりが焦れたように叫ぶ。頷いたヴァンダはオリエッタの手をうやうやしく捧《ささ》げ持って宮殿の正面玄関へ向かった。女官たちがドレスやヴェールの裾を持ち上げながら後に従う。

玄関前にはリボンと花で飾られた二頭立ての馬車が待機していた。車体は白で、車輪や装飾部分は青と金色だ。普通の四人乗り箱馬車の前の座席を外して広くしてある。

オリエッタが乗り込むと、すぐさま馬車は走り出した。跪いてそれを見送ると、ヴァンダはすっくと立ち上がった。

「さぁ、皆々様！　わたしたちも着替えましょう」

「はいっ」

「末席とはいえ婚礼に参列させていただくのですから、くれぐれも粗相のないように！」

「はーーーいっ」

雄叫《おたけ》びのごとき答えを返し、女官たちはヴァンダを先頭に猛然と宮殿内へ駆け戻った。

一方、オリエッタはひとりになったことを若干不安に感じながら、馬車に揺られていた。

本来なら礼拝堂の控室で挙式前に一息つくはずだったのに、泊まり掛けで神殿へ出かけたせいで支度に取りかかるのが遅くなり、省略となってしまったのだ。

礼拝堂へ到着し、馬車の扉が開かれる。そこには満面の笑みを浮かべた皇帝が待機していた。

「えっ、どうして……?」

侍従の案内で控室へ向かう手筈《てはず》では？

クリストフはキュオンの伝統的な装束をまとっていた。宝石と金銀の刺繍で飾られた、豪奢な衣装だ。

踝《くるぶし》を覆うほどの丈長で、毛皮で縁取られた大きくたっぷりとした袖がついている。胸元には大粒のルビーを金の台座に嵌め込んだ飾りを連ねた豪華な首飾り。

頭には、前の部分が山型に高くなって鶏卵ほどもある大粒のアメシストが嵌め込まれた黄金の冠を被っている。

思わずうっとりと見惚れていると、クリストフもまた感嘆の溜め息を洩らした。

「なんと美しいのだ……。しばしじっくり鑑賞したいものだが、そうもいかん。神官長が時間どおりに始めねばならぬと言い張っている。さぁ、さっそく式を始めよう。用意はいいな?」

「……はいっ」

大きく頷き、差し出された手を取る。次の瞬間ふわりと身体が浮き、オリエッタは皇帝の腕に横抱きにされていた。

「夜明けまで付き合わせたからな」

耳元で囁かれ、赤面してクリストフを睨んだものの、嬉しそうな笑顔にたちまちつられてしまった。花嫁を抱いて大股に歩きだす皇帝の後ろに、慌てて侍従たちが従う。

円柱の立ち並ぶ礼拝堂には、深紅の絨毯が奥へと続いていた。

ふだんはがらんとしている礼拝堂は円柱の間にリボンが渡され、色とりどりの花が飾りつけられている。円柱から壁際までは式の参列者でぎっしり埋まっていた。

そっと絨毯の上に下ろされ、侍従たちの手で引き裾とヴェールが整えられる。

どこからか澄んだ歌声が響き始めた。それはすぐに二重三重の複雑なコーラスとなって礼拝堂に反響した。

一番奥の八角形の至聖所《しせいじょ》には、高い位置の薔薇窓からまばゆい光が降り注いでいる。そこには今朝会ったばかりの神官長が悠然と佇んでいた。

相変わらずの極悪人面に、さらなる隈取りが増えている。だが、ここまで来るとかえって荘厳というか、異形の神が降臨したような気さえして、緊張と同時に厳粛な気持ちになった。

腕を組んで進み出ると、神官長はうやうやしく袖手して頭を下げた。

「ではここに、キュオン帝国皇帝クリストフと、アネモス王国王女オリエッタの婚姻の儀を執り行う。双方、異存はないか」

「ありません」

練習したとおり、声を揃えて返答した。

神官長はにっこりと微笑んだ。凶悪な面構えにもだいぶ慣れ、祝福されたのだと何やら感激すら覚えてしまう。神官長が横に向かって頷くと、補佐役の男女の神官がそれぞれ葉のついたままの若枝と水を湛《たた》えた小さな水盤を持ってきた。

聖木から切った枝と、神泉から汲《く》んだばかりの霊水だ。神官長は水盤に若枝を浸し、粛然と頭を垂れるふたりに軽く水滴を振りかけた。

水盤を持った補佐役が下がると、今度は別の者が天鵞絨《ビロード》の台座に載った宝冠を運んでくる。クリストフの被っている王冠と同じく黄金で作られているが、全体的に波がうねるような曲線的なデザインで、正面に嵌め込まれているのは透きとおった明るい黄緑色のペリドットだ。

神官長は若枝でそっと宝冠を撫で、その若枝を持って補佐役が下がると台座からうやうやしく宝冠を持ち上げた。

予行演習どおりに、オリエッタはドキドキしながら頭を垂れたまましずしずと進み出た。

「ここに聖別された宝冠を授け、アネモス王国王女オリエッタを、キュオン帝国皇妃となす」

さらにもう一段頭を下げると、神官長はオリエッタの頭に冠を載せた。そのままの姿勢で慎重に後退りして元の位置に戻る。

クリストフの隣でまっすぐ身体を起こした。少し不安だったが、冠がうまく嵌まるように結髪師が整えてくれたおかげでずれることもなく、オリエッタはホッとした。

クリストフと向かい合い、お互いの両頬を触れ合わせてから軽くくちづけを交わす。手を取り合って参列者のほうへ向き直ると、わーっと一斉に歓声と拍手が鳴り響いた。

感動で胸が熱くなり、瞳が潤む。思わずクリストフの手をぎゅっと握りしめると、優しく握り返された。見上げると彼はこのうえなく幸せそうに微笑んでいた。

頷きあい、出口へ向かって歩きだす。背後では神官長が参列者と同じように笑顔で拍手していた。先ほどとは打って変わって晴れやかなコーラスが、拍手と歓声をさらに盛り上げる。ふたりは笑顔で手を振りながら赤い絨毯の上を歩き、礼拝堂の外へ出た。

中に入れず礼拝堂を取り巻いていた人たちが、ふたりが出てきたことに気付いて歓声を上げる。礼拝堂の前には特別仕立ての無蓋《むがい》馬車が待機していた。

白と金の車体、中は緋色の天鵞絨張りで、座席の前には色とりどりの薔薇が積まれている。

馬車に乗り込んだふたりは宮殿の正門から出て、帝都の大通りを一周した。沿道に詰めかけた人々に笑顔で手を振り、積まれた薔薇を投げた。

この薔薇には幸せな結婚や家庭円満のごりやくがあるとされていて、人々は先を争って薔薇に手を伸ばし、道に落ちた薔薇を拾い集めた。

パレードが終わると宮殿で早めの晩餐会が行なわれた。正門前では景気よくワインの樽《たる》が開けられ、晩餐会の余りものも振る舞われて、住民たちも存分に楽しんだのだった。

「お疲れさまでした、お妃様」

うやうやしくヴァンダに一礼され、オリエッタは照れくさそうにくふんと笑った。

「ヴァンダもね。——皆さんも、本当にありがとう。急かしちゃって悪かったわ。ご苦労さま」

侍女の後ろに控えた女官たちが一斉に身を屈める。

オリエッタはすでに湯浴みと着替えを済ませ、寝台の中にいた。身につけているのは繊細なレースを重ねた袖無しの寝間着で、そのままだと寒いので肩にショールをかけている。

「陛下はまもなくお越しになられるかと……。他に何かご用はございますか?」

「いいえ。もう下がっていいわ」

「では、おやすみなさいませ」

女官たちが下がり、ヴァンダが扉を閉めて出て行くと、オリエッタはホッと溜め息をついた。

(やっと落ち着いた……)

昨日から思わぬハプニングの連続で、目まぐるしくも慌ただしい二日間だった。無事結婚式が挙げられて本当に嬉しい。

部屋の隅には婚礼衣装を着せられ、スターサファイアのネックレスをつけたトルソーが置かれている。

脱いだ後、もう少し眺めていたいからとねだって片づけずにおいてもらったのだ。宝冠は特別な国宝なので、宝物蔵にすでにしまわれている。

オリエッタは婚礼のときのクリストフの麗姿《れいし》を思い起こしてうっとりと溜め息をついた。

「素敵だったわ……。また惚れ直しちゃった」

彼に惚れ直すのはこれで何度目だろう?

(しかたないわ、クリスってば本当に素敵なんだもの……)

胸を押さえてほぅと吐息を洩らす。ふだんの凛々しく堂々としたところが恰好いいのは当然として、昨夜の野獣のような彼も――……悪くなかった……。

昨夜の痴態を思い出して、オリエッタはポッと頬を染めた。なんだか恥ずかしくなってしまい、ショールを外してもそもそ夜具にもぐり込む。

彼が来るまで待っていなくては、と思ったが、ぬくぬくしていると急激に強い眠気が差してきた。

お気に入りのパニャカの毛布にくるまり、うとうとしてはハッとして目を見開き、またうとうとして……を繰り返し、いよいよ本格的に寝落ちそうになったとき。ふわりと優しい感触が額に触れた。

「ん……っ、ぁ……クリス……」

「寝てなさい」

穏やかに囁かれ、朦朧とかぶりを振る。

「でも、初夜……だから……。しょや、は……だいじ、って……おかあさま、が……」

「ああ、だから今夜は貴女が得たほうの神託に従おう」

「しんたく……?」

(えぇと……なんだったかしら……?)

あまりに眠くて思い出せない。

「鷹揚に構えていなさい」

ああ、そうだったわ。

「私の勝手な解釈かもしれないが……。くつろいでゆったりしていれば万事うまくいく――ということではないかな。だから今夜は、お互いくつろいで、ゆっくりと眠ることにしよう」

「い……の……?」

「眠いのだろう?」

すでに半分眠りながらこくんと頷くと、目元にそっとくちづけられた。

「貴女をこの腕に抱いているだけで、今は満ち足りた気分だ。この幸せを噛みしめながら眠りに就こう」

甘い囁きにうっとりしながら、広い懐に鼻をすり寄せる。すっかりなじんだ、あたたかな彼の香り。こうしているだけで安心感に包まれる。

大好き……と夢うつつに囁きながら、オリエッタは心地よい眠りへ沈んでいった。

第五章 モフモフぬくぬく新婚旅行♡

「――視察、ですか？」

盛大な結婚式から半月ほど経った、小春日和の午後。オリエッタは日当たりの良い居間で、政務が一段落したクリストフと一緒にお茶と軽食を楽しんでいた。

テーブルには故郷から持参した美しく繊細な茶器が並び、キュオン名物のナッツとドライフルーツたっぷりの焼き菓子が出されている。

松葉で燻《いぶ》したお気に入りの茶を一口飲んで、クリストフは頷いた。

「東部山岳地帯で以前から密猟が問題になっていてな」

実情を確認するため一度現地に足を運ばねば……と考えていたのだが、かなり差し迫った様子の陳情書が届き、視察を決意したという。

「中腹辺りは実に風光明媚《ふうこうめいび》な土地で、美しい森林と渓谷がある。確か、温泉が湧きだしている場所もあったな」

「素敵！」

「もっと上に行けば、短い草しか生えない荒れ地だ。年中強風が吹き荒れ、真夏でも吹雪になることが珍しくない。だがそこはパニャカの棲息地《せいそくち》でもあってな」

「えっ、あの毛布の……ですか⁉」

思わず身を乗り出すとクリストフは頷いた。

「パニャカの毛は非常に品質がよく、高値で取引されている」

「家畜化が難しくて、野生種を捕まえて毛刈りをするんですよね？　それも二年に一回とか」

「そうだ。高地に点在する村の住民のみがその権利を持ち、一定量を税として皇室に納めている。あの毛布も現物税として納められたものだ」

高地では気候が寒冷すぎて穀物が育たず、限られた根菜類しか採れない。パニャカの毛は村人にとって貴重な収入源なのである。

ところが最近、パニャカの密猟が横行して、数が激減しているという。

パニャカは臆病で警戒心の強い動物だ。食べものの少ない寒冷な高地で暮らすようになったのも、天敵に襲われることを避けたゆえだと言われている。

繁殖力も弱く、一年おきに一頭くらいしか生まれないうえに成獣になるまで育つ子は少ない。

「パニャカは駿足《しゅんそく》で、捕まえるのは大変だ。村には長年の経験から編み出した捕獲方法が伝えられていて、村人総出で毛刈りを行なう。だが、素人には捕まえられないので、密猟者どもは極端な手段に出る」

「え……？　ま、まさか……？」

いやな予感のとおり、クリストフは重々しく頷いた。

「そう、殺してしまう。罠《わな》をしかけたり、弓矢を用いたり……。村人は毛を刈ったら放すが、そんな技術のない密猟者はまず殺してしまって、ついでに肉も取る。それらは闇市場に流され、高額で取引されているのだ」

大抵は北隣りのニクスに流れているらしい。ニクスとは相互不可侵の協定を結んでいるが、正直仲がいいとは言えない。

「その辺りも含め、現地で視察を行なうことにした。……それでだな」

クリストフはちょっと顔を赤らめ、咳払いをした。

「視察は視察なのだが……途中までは、その、一緒にどうかと」

「えっ、お供していいのですか⁉」

「外国生まれの貴女には、いずれ帝国内を視察してもらうことになる。まぁその手始めというか……季節的に最適な場所とは言いがたいのだが、こちらの緊急性が高いので——」

「行きます！　連れていってください！」

はいはいっと挙手する勢いでねだる。本音を言えば、ひとりで留守番は寂しいな……と思っていたのだ。わがままを言ってはいけないと自分を叱咤《しった》していたところだったから、同行の誘いは願ったり叶ったりだ。

目を丸くしたクリストフが苦笑しつつ頷いた。

「わかった。では、なるべく早く出発しよう。本格的な冬になる前に。風邪をひかぬよう、支度は念入りにするのだぞ」

「はいっ」

にっこりとオリエッタは頷いた。

視察ついでとはいえ、これは新婚旅行と思っていいだろう。皇帝であるクリストフには純粋な新婚旅行に割ける時間などないことは重々承知している。

艦隊をしたてて皇帝自ら花嫁を迎えに行ったというのも異例中の異例。アネモス王国との和平と交易を望む同意が出来ていたからこそ許されたことだった。

オリエッタとしても帝国内を見て回りたいと思っていたので、その機会が思いのほか早く訪れたことを喜んでいた。

さっそく視察の準備に取りかかり、最低限の用意だけして翌々日には出発した。

何しろキュオン帝国は広い。帝都は国の中央部よりやや南西に位置しており、北東にある目的地の山岳地帯までは馬車で通常一週間ほどかかる。

そこを飛ばしに飛ばして四日目の夕刻に山麓に到着した。

その地域を治める領主の館に逗留《とうりゅう》する予定だったのだが、間の悪いことに領主の息子が風疹《ふうしん》にかかってしまった。オリエッタも子どもの頃にかかっているのだが、念のため逗留は取りやめた。しかし、辺鄙《へんぴ》な土地柄ゆえ他に皇帝夫婦を泊められる宿はない。

やむなく目的地の村まで上り、村長宅に泊まることにした。馬車で行けるところまで行き、後は馬で行く。

皇帝が新婚ほやほやのお妃を連れていきなり現われたので、村長以下村人たちは驚き、慌てふためいた。急に決まった視察なので、早馬での連絡が届いたのが一昨日。当然、領主館に滞在すると思い込んでいたのだ。結局、村長宅をまるごと借りて宿舎とした。

村長宅といっても一般の村人の家より少し立派なくらいなので、お供の全員は収まらない。皇帝夫妻と身の回りの世話をする者数名、料理人、親衛隊の半数が村長宅に宿泊し、残りは村人の家に分散して泊めてもらうことにした。

村長はじめ村人たちはみな恐縮していたが、クリストフはもとよりオリエッタも、むしろこちらのほうが物珍しく、興味深い。

それに、村長が言うにはここ数日頻繁に密猟者が出没しているそうだ。密猟者は村には来ないが、皇帝一行が派手に出入りしていれば気付かれて警戒されるおそれがある。

クリストフは立派な軍馬などは麓《ふもと》に戻させ、自らも親衛隊の騎士も目立たない服装に着替えて村長宅で村人たちから話を聞いた。

「今年は毛刈りを行なわない年でして――」

代替わりしたばかりだという、三十そこそこのまだ若い村長が緊張の面持ちで説明を始めた。

本来ならば去年刈った毛を紡いで取引先に卸したり、正規の販売店が提示したデザインをもとに毛布やショール、下着や靴下、手袋などを作るかたわら、パニャカの頭数を調べ、子どもの発育具合などを観察する。

その結果、頭数が激減していることが判明したのだ。

さらに見回り回数を増やすと、パニャカの死骸が見つかるようになった。山に棲む禿鷲《はげわし》に食われてほとんど骨だけになっていたが、毛皮を剥《は》がされていたのは明白だった。骨にいくつも傷があったことから、肉も切り取られていたことがわかった。

村長は青ざめるオリエッタを申し訳なさそうに気遣った。村人たちは、皇妃がパニャカの毛布をたいへん気に入って愛用していると知り、とても喜んだのだ。

「我々は、臆病なパニャカを傷つけずに毛を刈り取る方法を知っています。ですが、それにはコツがあり、習熟するのに時間もかかります。密猟者たちはそんな気遣いなどしません。罠にかけて動けなくなったところを棍棒《こんぼう》で殴り……皮ごと引《ひ》っ剥《ぱ》がすのです」

「ひどい……！」

「もともとパニャカは数が少なく、餌付けもできないので人間の努力で増やすことは難しいのです。このままではパニャカがいなくなってしまう……」

「密猟者は徒党を組んで、武装しています。我々にはたいした武器がありません。向こうは強力な弩《いしゆみ》も持っていて、村人が何人も撃たれて怪我《けが》をしました。今のところ死人は出ていませんが、いつそうなってもおかしくない」

堰《せき》を切ったように次々に村人たちが訴える。クリストフは頷きながら真剣に聞いていた。

「徒党を組んでいると言ったな？　やはり組織された密猟団ということか」

「以前は麓の辺りに住むごろつきがこっそり……というものだったんですが、近頃はずいぶん組織化されていて。闇市場に通じた人間が仕切っているみたいです」

「ニクスの奴じゃないか？　向こうではパニャカの肉を薬として用いるそうだ」

「内臓から採れる石を珍重しているとか……」

「ニクスではまじないが盛んだからな」

話を聞きながらクリストフが呟いた。

ニクスはキュオンとは異なる神々を信じ、非常に閉鎖的とのことだ。

「個々の密猟者を捕らえてもトカゲの尻尾切りにしかならん。親玉を押さえよう。私の親衛隊は精鋭ぞろいだ。武具や武器は持ってきたな？　――よし」

それから具体的な打ち合わせに入ったので、オリエッタは席を外し、村の女性たちに村の中やパニャカ製品の工房を案内してもらった。

完成品もいくつかあり、試しにフードつきのマントを試着してみる。

毛布同様に軽くてあたたかく、いっぺんに気に入ってしまった。

（これ欲しいな……。買っちゃおうかしら）

なんの飾り気もないが、これを発注した帝都の店が客の注文を受けてからいろいろと装飾を施すのだそうだ。

すでに予約者がいるかもしれないので後で店に確かめることにして、直接村で販売しているショールや小物を見せてもらった。帝都よりも安く買え、村人の懐に入る金額も大きい。

真冬になると帝都もかなり冷えます、と、お供の女官から聞き、靴下とショールを数枚ずつ購入する。ティアナ皇女へのおみやげにもよさそうだ。クリストフとヴァンダ、女官たちのぶんの靴下も買った。

後で届けてもらうよう頼み、宿舎の村長宅へ戻ろうとすると、どこからかかぼそい動物の鳴き声がした。案内役の女性に尋ねると、パニャカの幼獣を一匹保護しているという。

「密猟者の罠にかかった母親の側で鳴いているのを、見回りが見つけたんです」

残念ながら母親はすでに死んでいた。母親の側を離れようとしないので、村に連れてきたものの、餌を与えても食べないので衰弱が進んでいる。

柵で囲まれた隅にうずくまる幼いパニャカの姿には胸が痛んだ。

床には枯れた苔《こけ》のようなものが分厚く敷かれている。パニャカの毛布の端切れらしきものも入れられて、弱々しく身体をすり寄せる様子を見ているとどうにも瞳が潤んでしまう。

「……近くで見てもいい？　怖がるかしら」

「この仔はあまり人を恐れないようです。まだとても幼いからかもしれませんが」

許可を得てそろそろと近づき、怖がらせないようにそっと膝をつく。

パニャカの仔は瞬きをして、ゆっくりと首をもたげた。

（まぁ……！　なんて可愛らしいの）

ふわふわもこもこの綿毛みたいな白い毛並みは、まるで淡雪のよう。

つぶらな瞳は黒曜石のように真っ黒だ。何よりまるで微笑んでいるかのような口許がとても愛らしい。

それだけに、この弱った状態がよけいに哀れを誘う。

「お妃様、もしよろしければ……ミルクを与えてみますか？」

「ぜひ！」

案内役の女性の申し出にオリエッタは頷いた。すぐに絞りたての山羊乳が運ばれてくる。

最初は直接飲ませようとしたのだが、山羊はおとなしく立っているのに、幼獣はいやがって暴れたそうだ。そのうちに弱って立てなくなってしまった。

木製のお碗《わん》に入れたミルクを近づけても、パニャカの仔はちょっと頭をもたげただけで、ぷいっとそっぽを向いてしまう。

オリエッタが育ったデルミ家には、愛玩とネズミ取りを兼ねた猫や番犬が飼われていた。

猫も犬も好きで可愛がったが、お嬢様であるオリエッタが直接動物の世話をする必要もなかったので、仔猫や仔犬に手ずからミルクを飲ませた経験もない。

（なんとかして飲ませなきゃ……！）

こうなったら口移し⁉　とかなり本気で考え、試しに指でミルクを掬って舐めてみた。

「ん、美味しい。山羊のミルクはすごく栄養があるのよ。わたしも病気のときよく飲んだわ」

「ああ、そうでしたねぇ」

付き添ってきた侍女のヴァンダが頷く。

「ほら、美味しいわ」

パニャカの仔が薄目を開けて見ていることに気付き、オリエッタはさらに指をミルクに浸して舐めてみせた。幼獣は興味を惹かれたように少しだけ首をもたげた。

「あなたも舐めてみる？」

ミルクに浸した指を口許へ持っていくと、パニャカの仔はおそるおそるといった様子でちょろりとオリエッタの指を舐めた。

「あら！　あらあら、まあっ……」

「舐めましたね！」

案内役の女性が驚いて絶句し、ヴァンダははしゃいで目を輝かせた。オリエッタは昂奮を抑え、怖がらせないようにゆっくりとミルクを掬ってまた口許へ持っていった。

パニャカの仔は少し身体を起こしてぺろぺろ舐めたかと思うと、オリエッタを見上げてもっと欲しいと言いたげにキュゥゥ……と鳴いた。

嬉しくなって床に座り込んでミルクを与える。パニャカの仔は前脚をオリエッタの膝にかけ、身を乗り出して熱心にミルクを舐めた。いや、舐めるというより勢いよく吸っている。

やがて満腹になったのか、パニャカの仔は膝から下りて枯れた苔の上に座り込むと眠ってしまった。お碗はほとんど空になっている。

そっと立ち上がって柵の外に出ると、案内役の女性は感嘆の面持ちでお碗を受け取った。

「さすがですわ！　皇帝のお妃様は偉大なる大地母神ハルリエネエズイシュミー様の化身だというのは本当だったのですね！」

「け、化身!?　や、それは大げさすぎるでしょ！」

「いーえっ、絶対そうです！　そうに違いありませんっ。ほんの仔どもとはいえ、警戒心の強いパニャカがここまで懐《なつ》くなんて奇跡です！」

そうだそうだと、周囲を取り巻く村の女性たちも頷き、勢いにたじたじとなる。

「きっと、ものすごくお腹が空いてたのよ」

「もうとっくに空ききってましたよ!?」

「村に連れてはきたけど、正直ダメだろうと諦めてたんです！」

「今まで何度か飼い馴《な》らそうと試したこともありますが、いつも失敗だったんですよ」

ねぇっ、と女性たちは頷きあった。

「それが、初めて見たお妃様にあんなに懐くなんて……！」

尊敬のまなざしで見つめられ、オリエッタは困惑した。

「……たまたま空腹具合と警戒心の度合いが入れ替わるタイミングだったんじゃない？　大丈夫だとわかって、これからは警戒せずに飲むようになるわ」

村の女性たちは納得しかねる様子だったが、オリエッタは自分が女神様の化身なんてとんでもない、恐れ多いわ！　と逃げるように宿舎に戻ったのだった。

しかし翌日。どうやっても仔パニャカがミルクを飲みませんっ、と女性たちが訴えてきた。懇願されて様子を見に行くと、仔パニャカはオリエッタに気付いてよろよろ立ち上がり、キュウキュウ鳴きながら近づいてきた。

「ほら！　ほらほら、お妃様！　ねっねっ」

昨日の案内役の女性が昂奮して手を振り回す。どうやら懐かれたのは本当らしい。

ミルクをやろうとすれば、今日は指で掬うまでもなく、お碗に顔を突っ込んでごくごく飲み始める。あっというまに飲み干して、またキュウキュウ。

結局、お碗三杯のミルクを平らげて、仔パニャカはすやすやと眠ってしまった。

その後も同じ懇請《こんせい》が繰り返されたので、仔パニャカの寝床は村長宅に移された。苔も新しいものに取り替えられた。

パニャカの実物を見たことがなかったクリストフも珍しがって撫でようとしたのだが、仔パニャカはいやがって逃げた。

「皇妃にしか懐かないようだ。やはり皇妃は特別なのだな」

感心したように皇帝が洩らした言葉は即座に村中に広まり、完全に女神の化身認定されてしまってますます困惑する。

誤解されては困りますっとクリストフに訴えると、彼は笑顔でオリエッタをなだめた。

「まぁまぁ。それも皇妃の役割だと思ってはどうだ？」

「でも……。なんだか重荷です」

「深刻に捉えることはない。貴女が受けたご神託からすると、これもまた鷹揚に受け入れていい事柄なのではないかな」

「そう……でしょうか」

クリストフは長椅子に並んで座っていたオリエッタの肩を抱いて囁いた。

「愛する貴女が人々の敬愛を受けるのは、もちろん個人的にも嬉しいが、皇帝としても妃が臣民から崇拝されるのは喜ばしいことなのだぞ」

確かにそうね……と頷く。オリエッタの肩を撫でながらクリストフは横目で妻の膝を見た。

「それにしてもずうずうしい奴だ」

オリエッタの膝には仔パニャカが頭を載せてすーすー眠っている。

クリストフはしかめっ面で断言した。

「そいつは雄だな。間違いない」

「確かにそうですけど……」

「貴女の膝枕で熟睡など、ずうずうしいにもほどがある！」

オリエッタは呆れて彼を眺めた。

「まだほんの子どもなんですよ？　見てるとなごむし、こうしてるとふわふわもこもこであったかいんです」

「ならば生きた毛布か、マフ代わりとでも思うことにしよう。貴女が風邪をひかないための防寒具だ。防寒具なら致し方ない」

堅苦しく呟いて憮然とする皇帝に忍び笑い、なだめるように頬にチュッとキスした。

「この子、宮廷に連れ帰ってもかまいませんか？」

「そいつが嫌がらなければかまわない」

「もちろん無理強いなんてしませんよ」

実際には、無理強いどころかまったく当然そうな顔で、仔パニャカはオリエッタの腕に抱かれて故郷を離れたのだった。

密猟団は皇帝と親衛隊、村の男たちの混成部隊によって追い込まれ、一網打尽にされた。残念ながら首魁《しゅかい》だけはまんまと逃《おお》げ果せ、ニクスの闇市場との繋がりまでは解明できなかった。捕まったのは金銭で雇われたやくざ者ばかりで、首魁の正体は知らないと異口同音に言い張った。

詳しい取り調べのため、全員帝都の監獄へ護送された。

村人全員に感謝の言葉と笑顔で見送られ、一行は山を下った。オリエッタは行きは馬だったが、帰りは仔パニャカを抱っこしていたので用意された輿《こし》に乗った。

名前はクリストフとふたりであれこれ考えた末、女神にちなんでハルと名付けることにした。

「帰りは少しゆっくりしよう」

温暖な山麓まで戻り、天幕を張って休憩しながらクリストフが言い出した。

「いいんですか？」

「密猟団の首謀者を取り逃がしたのは惜しいが、一定の成果は上げられた。今後は密猟の監視とパニャカ保護のため、特別部隊を編成して村に常駐させることにする」

「はい。助かると村人たちも喜んでました」

「皇帝が自ら視察に訪れ、摘発の陣頭指揮を取ったことで、断固たる姿勢は伝わったはずだ。

——ということで、当初の目的は達した。帰りは少し寄り道をして……温泉保養地の視察などどうだ？」

「素敵！」

オリエッタは目を輝かせた。アネモスにも温泉はあったが、王都からはだいぶ遠い山の中だったので、たまに連れていってもらうのがとても楽しみだったのだ。

「……妙なコブがついてしまったが」

そこらを駆け回って無邪気に遊んでいるハルを眺め、クリストフは溜め息をついた。

「かわいいじゃないですか」

「まぁ、な」

「あの子から毛が採れたら、手袋か靴下でも作ってさしあげますわ」

「それは楽しみだ」

クリストフは機嫌よく頷き、愛妻を抱き寄せた。


帰路は行きの倍ほどの時間をかけ、街道沿いの村や街を視察することにした。

まず立ち寄るのは山の麓にある温泉保養地、ラシネフだ。そこで密猟団捕縛の骨休めも兼ねて二、三日ゆっくり逗留しようという計画だったのだが――。

「これは……予想を上回る荒れ具合だな」

呆然と呟くクリストフの傍らで、オリエッタもまた目を丸くしていた。

歴史あるラシネフの街はすっかり荒れ果てていた。かつては帝国有数の温泉保養地として大勢の人が訪れていたが、戦乱の時代に衰退してしまったのだ。

ラシネフ自体は戦場にはならず、一時は傷痍《しょうい》軍人の療養の場にもなっていた。しかし主要な戦場から遠かったため、次第に訪れる人は少なくなり、それにつれて治安が悪化した。

この地を治める領主は跋扈《ばっこ》するならず者を取り締まるどころか早々に家族を連れて帝都に逃げ出してしまった。

「戦乱はとっくに収まったというのに、まだ戻らないとはどういうことだ？」

クリストフの問いに、フローリアンが眉根を寄せた。

「華やかな帝都暮らしが気に入って、根を下ろしてしまったのでは。他の領地からの収入で生活には困らないようですし」

「ふん……。こことてかつては貴族や金持ちが集ってずいぶん賑わったと聞いているぞ。なんでも賑わい過ぎて、いささか風紀が乱れたとか？」

「風俗の取り締まりも領主の義務ですからね。面倒なので放置しているのでは」

「そんな無責任な奴に貴重な土地を預けておくわけにはいかん。召し上げて直轄地にしてやる。温泉の質が悪化してなければ、だが」

皇帝の言葉にフローリアンが頷いた。

「まずはそれを確かめましょう」

あちこち見て回っていると、昔からの住人たちはまだ残っていることがわかった。領主が頼りにならないので、自警団を組織して、時折現われるならず者どもに備えているという。

高地に続き、ここでもクリストフは住民たちからの切実な陳情を受けることになった。休養に訪れたにもかかわらず、いやな顔ひとつせず真摯に耳を傾けるクリストフの姿に、オリエッタは誇らしさを感じた。ますます彼が好きになってしまう。

さいわいかつての領主の館がこぎれいに維持されており、そこに泊まることにした。温泉を引き込んでいる浴室も使えるという。

「長引きそうだから先に行っててくれ」

自分だけのんびりするのもなんだか悪くてためらったが、ここにいてもできることはない。オリエッタはフローリアンを始め何人かの親衛隊の騎士に警護されて領主館へ入った。

「あら、思ったよりきれいですね」

ヴァンダが感心した声を上げる。案内してきた、町の顔役の妻が頷いた。

「いつご領主様がお戻りになられても大丈夫なようにしてあります。こちらは奥方様のお部屋でございます」

「奥方はここへいらしたことはあるの？」

残念そうに妻はかぶりを振った。

「それが一度も……。ご領主様とは帝都で知り合って結婚なさったそうで。他の領地へは行かれたようですが、ラシネフは寂れた片田舎という印象が強いらしくて……。でも！　温泉の質はとてもいいんです。お肌がしっとりすべすべになりますよ」

「いいわね！」

「戦乱の前は貴婦人たちにすごく人気があったんです。建物は古く、あちこち傷んでおりますけれど、泉質には自信がございます。ぜひじっくり浸《つ》かってみてください」

「ありがとう、そうするわ」

にっこり頷く。

不備がないか、もう一度確認してまいります、と彼女は急いで出ていった。千載一遇のチャンスを逃してなるものかという意気込みが伝わってくる。

しばらくすると、フローリアンが顔を出した。

「お妃様、ご不自由はございませんか。ひととおり館を見回りましたが、これは居住するにはかなり修理が必要ですね。こちらにも隙間風など入るのでは」

「大丈夫よ。ね？　ヴァンダ」

「はい。点検しましたが、窓もしっかりしてますし、壁にひびもございません。領主夫妻の部屋を最優先で維持管理しているのでしょう」

侍女の言葉にフローリアンは頷いた。

「そのようですね。隣は領主の部屋ですが、きちんと整っています。陛下がおやすみになられるのにも問題はありません」

「陛下はまだ町の人たちと話してるの？」

「皇帝と直に話せる機会など滅多《めった》にありませんからね、なかなか解放してもらえないでしょう」

「夕食はどうなさるのかしら」

「こちらで用意してくれるそうなので、それまでには戻られますよ。新婚旅行なんですから、お妃様を放ってはおきません」

からかうような笑顔にオリエッタは赤くなった。

「し、視察に乗っかったわけだから……お仕事優先でも仕方ないわ」

「いけません、お妃様。そのような遠慮をしては、今後に差し支えます」

「何言ってるの、ヴァンダったら」

「こういうことは最初が肝心なんです。今のうちにがっちり手綱を握っておかないと」

鼻息荒く侍女は主張する。ハラハラしながらフローリアンを窺うと、彼は楽しそうに笑って頷いた。

「そうそう、陛下の手綱を取れるのはお妃様だけですから」

「もうっ、ふたりともからかわないでよ！」

オリエッタはますます赤くなってふたりを睨んだ。

と、ノックもなしに扉が開き、クリストフが現われた。

彼は赤面しているオリエッタに眉をひそめ、ちょうど向かい合う位置にいたフローリアンにさっと視線を走らせた。

「陛下」

クリストフは機敏に一礼したフローリアンに無言で頷いた。

オリエッタは照れたせいで赤らんだ頬を隠すように急いで跪いた。

歩み寄ったクリストフに手を取られて立ち上がったものの、なんだかいつもと違ってよそよそしく感じられるのは気のせいだろうか。

「……邪魔をしたようだな」

「はぃ？」

ぶっきらぼうな呟きに目を瞬く。

「なんでもない。――フローリアン。私の部屋は？」

「お隣です。どうぞこちらへ」

オリエッタは騎士の案内で出て行くクリストフをぽかんと見送った。

「どうしたんでしょうね？　いつもお仕事が済めばお妃様にべったりですのに」

戸惑いを代弁するようにヴァンダが言い、オリエッタは曖昧に微笑んだ。

「疲れていらっしゃるのよ、きっと」

「それもそうですね。どこへ行っても陳情ばかりですし、お腹が空けば誰だってイライラしますからね。夕食を摂ればご機嫌も直りますよ」

そうね……とオリエッタは頷いた。

しかし、晩餐の席でもクリストフは憮然とした表情だった。むしろ不機嫌度が増している気がする。いつもは頑健な体格に見合う健啖《けんたん》ぶりなのに、一皿目で少し残している。『お代わり無用』の意思表示だ。

給仕をしている領主館の使用人たちは皆、皇帝陛下のお気に召さなかったのだと思い込んで青ざめている。

（そんなはずないわ。クリスは好き嫌いがほとんどないひとだもの）

彼らが気の毒になって、オリエッタは『美味しいわね』とか『材料は何？』などと明るく尋ねて場を取り持とうと努めた。クリストフは会話に加わろうともせず、黙ってワインばかり飲んでいる。咎めるように睨んでも、ふいっと目を逸らしてしまう。

食事が済んでもそれは変わらなかった。挙げ句、今日は疲れたので別々に休もうと一方的に告げ、さっさと領主の寝室に入って扉を閉めてしまった。

重厚な扉を呆気にとられて見つめたオリエッタは、憤然と眉を吊り上げた。

「なんなのよ、もうっ」

さすがに怒鳴るのは気が引けて、小声で毒づくとぷりぷりしながら自分の部屋へ行く。

ふたつの寝室は扉で繋がっているのだが、頭に来たオリエッタは椅子を引きずっていって扉をふさいだ。椅子の背にノブが引っかかって下がらないから開けられない。

「ふっふーんだ。こっそり入ろうとしても無駄ですからねっ」

「何やってるんですか、お妃様」

呆れた口調でヴァンダに問われ、オリエッタは肩をすくめた。

「なんだか知らないけどクリスが怒ってるの。わたし、何か気に障るようなことした？」

「思い当たりませんね」

「そうでしょ。まったくわけがわからないわ」

「夫婦喧嘩《げんか》とはお珍しい」

「夫婦喧嘩――」

オリエッタはハッとした。そういえばクリスとぎくしゃくするのはこれが初めてなのでは？

「こ……これが世にいう『夫婦喧嘩』なのね……！」

妙に感動してしまい、胸に手を当ててほぅと溜め息をつくと、ヴァンダが白い目で眺めた。

「お妃様。早くお風呂に入っておやすみになったほうがいいですよ」

「そ、そうね。――確か、この温泉は美肌の湯だったわね？」

「らしいですね。しっとりつるつるになるとか。すべすべだったかしら……」

「どっちでもいいわ」

明日の朝、しっとりつるつる／すべすべお肌になった自分を見れば、クリストフの機嫌も一発で直るはず！

「お風呂！　お風呂に行きましょう、ヴァンダ！」

「はいはい」

勢い込んで叫ぶと、さしもの忠実なる侍女もげんなりとした風情で頷いた。

浴室は中庭に面した半地下にあった。

入り口のドアに掲げられた『ご婦人用』という真鍮《しんちゅう》のプレートにオリエッタは首を傾げた。

「男女別なの？　変わってるわね」

温泉を引き込んでいるとはいえ、ここは領主館だ。つまり、領主とその家族が住むためのものなのに、どうしてわざわざ分けるのだろう？

「ああ、外し忘れたんですね」

したり顔でヴァンダが頷いた。

「実は領主館の使用人たち、浴場を町の人々に開放してるんです。もちろん料金を取って」

先ほど、町の顔役の妻がなんだか焦り気味だったのもそのためであった。

領主に捨ておかれたも同然の使用人たちは、館の維持費の捻出に苦慮していた。

一方で町の住人たちは、湯治客がほとんど来ないため温泉施設が次々廃業してしまい、せっかく温泉が湧き出しているのに活用できない状況に陥っていた。

温泉を引いてくるにはかなりの費用がかかるため、一般庶民の家には風呂がないのだ。

両者の利益が一致し、領主館の使用人たちは無駄に広くて掃除するのも一苦労な湯殿を有効活用することにした。むろん領主には内緒である。

ヴァンダは館の設備を見て回ったついでに、使用人から巧みにそれを聞き出していた。

「館の維持管理費捻出のためなので、大目に見てあげてください。皇帝陛下の一行がお泊まりのあいだは貸し切りですから、どうぞご安心を」

「秘密は守るわ。それにしても忠義な人たちね。領主は無責任がすぎるんじゃないかしら」

「何代にもわたって仕えている、昔気質《むかしかたぎ》の人たちなんですよ。気の毒ですよね」

浴室はとても広く、掃除も行き届いていた。町の住民たちが使っていなければ、ここまできれいにしてはおけなかっただろう。設備も傷んでしまったに違いない。

ただ、広いぶんかなり薄暗い。灯を節約するため、住民たちに開放しているのは昼間だけで、朝や夕方に入りに来るそうだ。

温泉なんだから一緒に入りましょうよとヴァンダを誘い、広々とした湯船に並んで浸かった。

アネモスでも、たまに出かけた温泉ではこうしてお風呂の中でよくお喋りをしたものだ。

故郷で入った温泉は透明な湯だったが、ラシネフのお湯は白く濁っている。お互いにお湯をかけあったりして楽しんでいると、遠くのほうでばしゃんと湯が跳ねる音がした。

「……なんでしょう」

押し殺した声音でヴァンダが囁く。目を凝らしても湯殿の奥のほうは暗くてよく見えない。湯気を透かしてぼんやりと灯が燈《とも》っているのはわかったが、そこまで行ってみる気になれなくて入り口付近に留まっていたのだ。

やがてまた湯を掻き分ける音がしたかと思うと、大きな影がのっそりと近づいてきた。

（ま、まさか——熊⁉）

いくら山麓とはいえ室内なのだから、熊が入ってくるわけはないのだが、故郷で山中の露天温泉に入ったことを懐かしく思い出していたオリエッタは、周囲が暗いこともあってつい勘違いしてしまった。

「に、逃げましょう、ヴァンダ」

「向こうはまだこちらに気付いていないようです。脅かせば逃げていきますよ」

気丈な侍女も同じ勘違いをしていたが、むろんふたりとも気付いていない。

バシャバシャと、さらに『熊』は近づいてくる。ヴァンダはすうっと大きく息を吸うと、なんとも形容しがたい絶叫を上げた。

「ほおおおあああがあああああああっっっっ」

「うっぎゃあああああっっ」

オリエッタも加勢して奇声を張り上げる。

「なっ、なんだ⁉　化け物か⁉」

焦った男性の声が響く。

（んっ⁉　この声は――）

「陛下！　どうなさいました⁉」

「フローリアン、化け物がいるぞ！　剣を持て！」

「ま、待って！　わたしですーっ」

「…………その声は。オリエッタか⁉」

湯気の膜を破って、ぬうっと大柄な男が現れる。

（やっぱりクリス！）

「きゃあああああっ」

ヴァンダが悲鳴を上げ、両手で顔を覆って湯に沈んだ。

入浴中なので、当然ながら皇帝は素っ裸であった。

「見てません！　見てませんからぁっ」

「……う、うむ。私も見てないぞ」

彼はくるっと後ろを向いて怒鳴った。

「大丈夫だ、フローリアン。妃が侍女と入浴中だった」

「左様でしたか。……私は外に控えておりますゆえ、どうぞごゆっくり」

彼が湯殿から出て行くと、ヴァンダもまた慌てて飛び出していった。

気がつけばオリエッタはクリストフとふたりきりで薄暗い湯殿に取り残されていた。

唖然としていた彼が、ハッと我に返ってそそくさと湯に沈む。目のやり場に困っていたオリエッタはようやく安堵した。

「すまん。まさか貴女が入っているとは思わなかった」

「いえ……。もうひとつ入り口があったんですね」

オリエッタが入った入り口が『ご婦人用』だったからには、『殿方用』があって当然だが、まさか入り口だけ別で中は繋がっているとは思わなかった。

「……すまん」

気まずい沈黙を破って、クリストフがふたたびぼそりと詫びる。

「えっ？　もういいですよ」

「そうではなく……。大人げなく嫉妬などしてしまった」

「し、嫉妬⁉　誰に」

「むろんフローリアンだ。貴女が奴に心を移したのでは、と……」

「何言ってるの！　わたしが好きなのはクリスよ⁉」

「彼と会ったのは私の求婚に応じた後だ。実はあいつのほうが好みだったのではないか？」

「クリスはわたしの好みのど真ん中です」

きっぱり断言したが、なおも彼は疑わしげだ。

「しかし……貴女はやたらとあいつを贔屓《ひいき》しているではないか？　船でもずいぶん親しくしていたようだし」

「上の兄と雰囲気がちょっと似てるの。年頃も同じだし、確かに気は合うけど、特に贔屓なんてしてません」

「ティアナの見合い相手に推薦しただろう。気になるからこそ遠ざけようとしたのでは？」

「なんでわざわざそんなややこしい曲解するのよ……」

「さっきも奴と見つめ合って顔を赤らめていた」

身に覚えがなく、ぽかんとしてしまう。

「見つめ合ってなんかいません！　さっきはクリスとのことでふたりに冷やかされてたのっ」

今度はクリストフがぽかんとし、きまり悪そうに苦笑した。

「なんだ、そうだったのか。……すまん」

「わたしが好きなのはクリスよ。誰がなんと言おうと、クリスのことが大好きなんだから」

彼はくすぐったそうに笑ってオリエッタの肩を抱き寄せた。

「ああ、私も誰がなんと言おうとオリエが大好きだ」

唇を優しく塞がれ、オリエッタは彼の逞しい背に腕を回して抱きしめた。

そのまま身体を重ね、互いの想いを確かめあう。

部屋に戻ったオリエッタは急いでドアをふさぐ椅子を片づけた。

待ち構えていたかのように扉が開き、隙間から伸びてきた手がオリエッタを捕まえて引きずり込む。クスクス笑いが扉の向こうに消えた。

暖炉の側に設えられた寝床で、パニャカのハルが閉じたドアを横目で眺め、やれやれとでも言いたげな鼻息を洩らした。

第六章　消えた宝飾品

帝都で過ごす初めての冬は、想像以上に寒かった。

クリストフは南方の温暖な港街にでも避寒《ひかん》に行ってはどうかと勧めてくれたが、政務の関係で彼は一緒に行けない。新婚早々別居なんていやなので、オリエッタは帝都に留まった。

よく晴れて風がなく、比較的暖かな日は、軽くて防寒性抜群のパニャカのマントをまとい、仔パニャカのハルを連れて、オリエッタはよく散歩した。

視察先で気に入ったマントは、発注先の店に問い合わせたところ、予約品ではなかった。買いたいと申し出ると店主とデザイナーが即座に飛んできたので、オリエッタ好みのボタンや装飾をつけてもらうことにした。

ハルにも首回りに巻くかわいいベルトを仕立ててあげた。村を離れるとき、人に飼われていることがわかるように耳に穴を開けたので、そこにリボンも結んだ。

女官たちにかわいいかわいいと褒めそやされたのが理解できたのか、本人もなんだか誇らしげな顔つきのような気がする。

成長するに従って首が長くなってきて、いつも微笑んでいるような口許も相まって、なんとも言えない愛嬌《あいきょう》がある。

珍獣を連れて皇宮をぶらぶら散歩する年若い皇妃の姿は微笑ましく、気さくで物怖《ものお》じしない性格もあって、オリエッタは貴族ばかりか宮廷で働く多くの人々からも親しまれた。

冬ごもりのあいだに帝国の歴史や文化についても学びを深めた。クリストフに頼んで分野ごとに教師をつけてもらって勉強した。

一方で、アネモスの文化について講義を請われ、嫁入りに伴って持ってきた文物を用いながら一生懸命説明した。

貴婦人たちは特に洗練されたデザインの宝飾品や優雅な茶器に興味津々で、どうにか手に入らないかとたびたび相談されたが、現時点では本格的な交易の再開を待つしかなさそうだ。

クリストフは文化政策の一環として、宮廷にある絵画や彫刻などを一般公開するための美術館を作ろうとしており、その計画にも参加した。

神官長との約束も忘れず、月に一度は泊まり掛けで神殿に参拝した。

皇族用の特別宿舎に泊まったが、結婚式前夜のような異常事態にはならなかった。同じ香りが参拝中にもしたので、一瞬ぎくっとしたが、クリストフはまったく平静だった。

やはり、あれは『ご神託』だったのだろう。

寒くても充実して心暖かな日々が過ぎ、帝都に春の訪れを告げる小鳥がさえずり始めた頃。

妙な噂がオリエッタの耳に届いた。

「――偽造金貨？」

眉をひそめるオリエッタに、お茶を一口飲んでティアナ皇女が頷いた。

昨日までの寒さがやわらいだ、ぽかぽか陽気の午後。ふたりは日当たりのよい皇后宮殿のテラスで、日光浴がてらお茶を飲んでいた。

まじめにダイエットに取り組んだ成果が現われ、ティアナは格段にすっきりしている。

格式張ったドレスをやめて動くのが億劫《おっくう》でなくなり、パニャカのハルを気に入って散歩にくっついてくるようにもなったので、活動量が増えたこともよかったのだろう。

繊細なアネモス磁器のカップを慎重に皿に戻し、ティアナはもの思わしげに頷いた。

「そうなの。なじみの商人から聞いたんだけど……」

金貨と言っても取引でふつうに使われる金貨ではない。もっとも金貨は日用品を買うには用《もち》いづらいので一番流通しているのは銀貨である。金貨は一定以上の高額取引でしか使われない。

「今回見つかったのはご成婚を祝して特別鋳造された記念金貨なのよ。あなたとお兄様のね」

「記念金貨に偽造品が⁉」

オリエッタはびっくりした。

表はクリストフとオリエッタの横顔と各人の名前、裏側には帝国の紋章と婚礼の日付が刻印されている。

そのために複数の画家が呼ばれてオリエッタの横顔をたくさんスケッチした。記念金貨のためだけでなく、肖像画も欲しいとクリストフが言い出したので、画家たちは俄然《がぜん》張り切った。キュオン帝国では宮廷画家という地位が長年空席になっており、それを復活させようとクリストフは考えている。金貨と肖像画はそのための選抜も兼ねていたのだ。

「ど、どうしましょう……。わたし、陛下からいただいたうちの半分くらいを家族と友人へ送ってしまったのだけど」

焦ってオリエッタは指折り数えた。デルミ家の四人と国王一家五人の合計九枚に、親友のアメリアとルチアの分、合わせて十一枚を、それぞれに近況報告の手紙を沿え、素敵な小箱に入れて。冬は海が荒れるため、島づたいの迂回路《うかいろ》をとるので時間がかかると聞いていた。

記念金貨が発行されたのは結婚式の翌月。箱を作らせるのに思わぬ時間がかかり、発送は冬になってしまった。

それでも、そろそろ着いた頃ではないかと思う。船が難破したとかいう報告もないことだし。

おろおろする義姉に皇女は笑った。

「大丈夫よ。お兄様から直接いただいたのでしょう？　皇帝の手元に偽造品が来たら、今頃大騒ぎになってるわよ。納入のときにちゃんと鑑定されてるわ」

「そ、そうよね」

ホッとしてオリエッタはお茶を飲んだ。

「今回見つかったのはね……」

ティアナが意味深に声をひそめ、オリエッタはそちらへ耳を寄せた。

「質屋なのよ」

「質屋？」

「質草の中に偽造品が見つかったんですって。教えてくれた商人の義弟が質屋を営んでいるの。あ、言っておくけどわたくしは利用してませんからね」

「わかってるわ」

オリエッタは苦笑した。ティアナは立場上、贅沢な恰好もするけれど、必要に迫られてのことであって、ふだんはごく慎《つつ》ましく暮らしている。

クリストフもその点では同じだ。対外的に国の威光を示したり復興が進んでいることを国民にアピールするとき以外は、宮中の行事でも地味めな恰好だ。

そのぶん一番の側近である親衛隊のフローリアンが側で目立つことで目印（？）になっているわけだが。

ふと思い出してオリエッタは尋ねた。

「そういえば、フローリアンとはどうなってるの？」

「べ、別にどうもなっていないわよ」

ティアナはにわかにそわそわしはじめ、オリエッタは含み笑いしながらお茶を飲んだ。

クリストフの計らいで、それほどいかつい外見でない親衛隊員が順番で舞踏会のエスコート役を務めたのだが、それで彼はティアナがフローリアンに格別の好意を抱いていることにやっと気付いた。

以来、ティアナの希望によってあくまでそれとない付き合いが続いている。

出会ったその日にクリストフと結婚を決めてしまったオリエッタからすればもどかしくてならないのだが、ティアナは皇女という身分とは関係なくフローリアンに好きになってもらいたいと望んでいる。その希望は尊重したい。

フローリアンのほうも、ティアナのぽっちゃり度が下がって、もともとの可憐《かれん》な顔だちが目立つようになると、皇族に対する礼儀正しさに少しやわらいだ雰囲気が加わったように思える。

真冬の凍った河でスケートを楽しんだとき、一緒に滑っているふたりはなかなかいい感じだった。オリエッタは初めてのスケートでヨロヨロしていたので、ふたりが羨ましかった。自分も早くクリストフとあんなふうにすいすい滑れるようになりたいものだ。

「わ、わたくしのことはどうでもいいのよ！　それより今は偽造金貨が問題だわ」

「おふたりのことも大事よ？　でもまぁそうね。……その偽金貨は質草だったのよね？　預けた人は贋金《にせがね》だと知ってたのかしら？」

「知らなかったみたい。質の悪い贋金だと言っても信じなくて、憤然と帰っていったそうよ」

「ということは……現物はないのね？」

「そうね、持って帰ってしまったから。実を言うと……客は貴族だったの」

こしょこしょと耳元で名を囁かれ、オリエッタは目を剥いた。

「ええっ⁉　だってその人――」

「シーッ！」

慌ててティアナはオリエッタの口を押さえ、きょろきょろ辺りを見回した。侍女も女官もふたりの邪魔をしないように下がっていたので誰にも聞かれなかったようだ。

オリエッタは声を低めて囁いた。

「……高位貴族よね？　その方……」

ティアナが名を挙げたのは舞踏会や晩餐会で何度か話したこともある人物だったのだ。

「そうだけど、ちょっと問題ありな人物なのよ。温厚そうに見えて実は賭け事が大好きでね。おまけに派手好きの見栄《みえ》っ張《ぱ》り」

ティアナの口調は辛辣だ。以前その人物の奥方から太っていることで馬鹿にされたらしい。

「んっ……？　待って。確か、記念金貨は一家に一枚限定……よね？」

「そうよ。二百枚しか鋳造しなかったんだもの。わたくしはお兄様にねだって二枚いただいちゃった」

オリエッタは気前良く二十枚ももらってしまった。クリストフが一枚だけ自分のものにしたというので、手元に残った九枚と合わせてふたりのものだと思っている。

記念品なので、価格は額面の倍。それでも予約で早々に完売したと聞いた。親衛隊員は額面の価格で買えたため、全員が購入したので、市場に出回った本物は一五〇枚くらいだろうか

「今ではオークションで額面の十倍くらいの値段がつくらしいわよ」

「えっ、そんなに⁉」

一瞬本気で計算してしまい、はしたないと自分を叱りつける。

「巷《ちまた》で皇妃様が大人気で、欲しがる人が多いんですって。よかったわね」

ニヤニヤされてオリエッタは顔を赤らめた。

「異国生まれだから珍しがられているだけよ」

「恥ずかしがることないわ。お妃が国民に人気があるのは皇帝にとって有利だもの。お兄様は喜んでいるでしょう?」

「ええ、まあ……」

実際彼は大いに喜び、計画中の美術館にオリエッタの名前を冠することに決めた。新築の劇場と図書館にも名前をつけられそうで、名誉ではあるけれど照れくさい。

「相手が高位貴族だけに、質屋も警察に通報するのはためらったのね。義兄がわたくしの宮殿に出入りしているので、相談してみたというわけよ。でも、あなたの頭越しにお兄様に直接申し上げるのもどうかと思って」

「別に気にしないけど……?」

きょとんとすると、ティアナは溜め息をついた。

「野育ちのあなたは天真爛漫《てんしんらんまん》すぎて心配だわ。本当に大丈夫かしら……」

家族になったティアナには、自分が商家の娘として育ったことを話してある。

野育ちというのは別に厭味《いやみ》でも皮肉でもなく、むしろ決まり事の多い宮廷で窮屈に育ったティアナにはひどく羨ましがられた。

「わたしをすっ飛ばすと問題なの？」

「そりゃ問題よ。宮廷には順位ってものがあるの。一番はもちろん皇帝であるお兄様。二番目がお妃のあなた。今のところ第一皇位継承者である皇妹のわたくしが三番目。すぐ上の人を飛ばしてさらに上位の人に直訴するのは無礼極まりないことなのよ」

「いいじゃない、実の兄妹なんだもの。わたしは気にしないからティアナ様も気にしないで」

にっこりすると、ティアナは眉間を摘まんで嘆息した。

「ともかく。もう話してしまったのだから、お兄様にはあなたから伝えてちょうだい」

「それって伝言ゲームみたいで危険じゃない？　元の話と全然違う話になってるかも――」

「贋金が質屋で見つかったって話は取り違えようがないでしょ⁉」

「そ、そうね」

憤慨する義妹に急いで謝り、一緒にハルと散歩しましょうと誘ってどうにか機嫌を取ったのだった。

「ああ、偽金貨のことなら別件で報告を受けている」

その夜、執務を終えたクリストフにティアナから聞いた話をすると、彼は生真面目な面持ちで頷いた。夜はまだ冷えるので、暖炉の前の長椅子でくっついて火に当たりながら話をする。

「結婚記念の金貨に偽物なんて……。なんだか最初からケチがついたみたいで残念だわ」

「まったくだ。厳しく調査する」

「別件というと、もしかして質屋以外でも見つかってるの?」

「そうなんだ。記念金貨を購入した別の人物——貴族ではなく陶器やガラス製品を扱う商人なのだが、どうも色合いがおかしな気がして鑑定に出した」

「で、偽物と?」

「金の含有率が著しく低い、粗悪品だった」

「オークションで高値がついているそうだから、それを当て込んで作ったのでしょうか」

「通貨が信用を失うのは国家にとって由々《ゆゆ》しき問題だ。よって、贋金作りには厳罰が課せられている。財産没収の上、広場で晒《さら》し者《もの》にされ、さらに道路工事などで無給で働かされる」

「それでもなお作るなんて、よっぽどの覚悟が——」

「さて、そこが問題だ」

皮肉っぽい笑みを浮かべる夫を面食らって見返す。

「今回の記念金貨は二百枚。市場に出回ったのは一五〇枚以下、それも予約で完売したので店頭には並ばなかった。実際にこの金貨を使って買い物をしようとすれば、額面でしか使えない。よって、使う者はまずいないと考えられる」

「そうですよね……」

「つまり、この金貨はもともと貨幣として市場に流通することはない……と想定されているものなのだ。いわば宝飾品だな。購入者は家庭内で飾るか、机にしまい込む」

「そういえば、ネックレスに加工してつけてきた貴婦人がいました。なんというか……ちょっと照れくさかったです」

「忠誠を示す行為として、昔からよく行なわれている。特に功績をたてなくても手に入れられる勲章もどきみたいなものだ。取り入ろうとしてごまをすっているわけではないから心配しなくていい」

ホッとしてオリエッタは頷いた。

「……でも、お金として使われることがないとわかっていて偽造したとなると……？」

はたしてどんな意図があるのだろう。考え込んでいると、クリストフがニヤリとした。悪っぽい笑みにドキドキしてしまう。

「偽造ではないということだ」

「え？」

「正規品の中に金の含有率が著しく低いものが交じっていた。つまり、誰かが原料の金をこっそりと……」

「着服したんですね⁉」

「そうなるな」

「だとすれば、犯人はかなり絞られますね」

　クリストフは頷いた。

「ひそかに調査を進めている。気付かれて逃げられないようにな」

「でも、そんなすぐバレそうな悪事を働くものでしょうか……？」

「バレやしないと高を括《くく》っていたのかもな。どうせ貨幣としては流通しない金貨だと。欲をかいて金の量を減らしすぎなければ、不審に思われなかったかもしれない。規定どおりの金が含まれた本物と比べると、重さは同じだが色が若干薄いのだ」

　なるほど～と感心していると、急に抱き寄せられ、膝に乗せられた。

「無粋な話は終わりだ」

　囁いて唇をふさがれる。熱い舌を絡めあいながら、オリエッタは自ら彼の膝を跨いだ。

　すでに湯浴みを済ませ、身につけているのはゆったりした寝間着――それもクリスの要望により肌が透けるなまめかしいもの。

まだ寒いのでその上からパニャカ製の暖かなガウンをまとっている。

そのガウンの合わせをくつろげると、クリストフは繊細なレース越しに覗く薔薇色の乳首をきゅっと摘まんだ。

「ぁんッ」

思わず肩をすぼめると、クリストフは上機嫌に含み笑った。

「感じやすいな。もうこんなにつんつんに尖っている」

「クリスがやたらと弄《いじ》るから……」

甘え半分に睨んでみせると、彼はオリエッタにキスしながら、がっしりした掌で乳房を掴んで捏ね回し始めた。

「以前より乳房が大きくなったようだが……それも私のせいか？」

「そう……よ……」

「では、責任を取らねばならないな」

くっくっと冗談めかして笑い、彼は寝間着のリボンを解いた。するりと肩から寝間着が滑り落ち、胸元が露出する。

身をかがめたクリストフが大きく舌を出し、ねっとりと先端を舐める。ぞくっと快感が背筋を駆け抜け、反射的にオリエッタは彼にしがみついた。

乳輪ごと口に含み、舌先でころころと尖りを転がされる。

「あ……はぁっ……ん」

こそばゆいような心地よさに、とろんと瞳を潤ませてオリエッタは無意識に身体を揺らした。秘芯が疼き、蜜が滴り始めるのがわかる。

両方の乳首をたんねんに舐めしゃぶり、わざとのようにちゅぽっと淫らな音をたてて唇が離れた。鮮紅色の乳首から唾液の細い糸が引き、その淫猥《いんわい》さに下腹部がますます不穏に疼く。

尻朶をいやらしく揉みしだきながら、クリストフが耳殻に舌を這わせる。

「ひんッ」

ぞくぞくして身を縮めると、誘惑する口調で彼は囁いた。

「自分で挿れてみるか?」

「えっ……」

驚いて見返すと、クリストフがからかうように、期待するように甘く見つめている。

こくりと喉を鳴らし、オリエッタはおずおずと膝立ちになった。ちら……と見下ろすと、彼の欲望がすでに頭をもたげているのがガウンの上からでもはっきりと見て取れた。

膝に跨がって抱き合っているときから、すでに感じてはいたが……。

オリエッタは意を決し、そろそろと彼のガウンをはだけると思い切って下穿きを引き下げた。

とたんにはち切れそうに怒張した太棹が勢い良く飛び出してきて、怖《お》じ気《け》づきそうになる。

もう何度も受け入れて、大丈夫なのはわかっていても、実際目にするとやっぱりちょっと怖い。

一方で、恥ずかしながら期待する気持ちも確かにあって、オリエッタは無意識に唇をちろりと舐めると天を指す雄茎にそぅっと触れた。

両手で棹を掴んでそろそろ扱《しご》くと、ぐんと固さが増す。先端からはすでに淫涙が伝っていた。

たまらなくなってオリエッタは膝を前に進め、先端を蜜口へと誘った。

濡れた鈴口が蜜溜まりにくちゅんと沈む。思い切って手を離し、膝から力を抜くと、自重でオリエッタの花筒は剛直を根元まで一息に呑み込んだ。

「～～～っ……！」

産毛がそばだつような充溢感《じゅういつ》に、声もなくオリエッタは身震いした。褒めるように、クリストフが大きな掌で優しく背中を撫でる。

「……オリエのここは、挿れるたびに悦くなっていくな」

陶然とした囁き声に喜びが込み上げる。クリストフは具合を確かめるように、軽く腰を突き上げた。

「あつらえたかのように、ぴったりと私を包み込んでくれる」

「気持ちいい……？」

「ああ、たまらない心地よさだ」

彼はそう囁くと、オリエッタの腰を掴み、持ち上げては落とすしぐさを何度も繰り返した。

「ぁふっ、あんっ、やぁん」

落とされるたびに深々と貫かれ、奥処を抉られる快感にたちまち我を忘れてしまう。オリエッタは頑健な身体にしがみついて自ら淫靡に腰を振った。

ほどなく絶頂に達し、ひくひくと痙攣する花襞をさらに容赦なく突き上げられる。

ふたたび恍惚を極めると、繋がったまま抱き上げられて寝台へと運ばれた。

さらにそこで様々に体勢を変えながら、ふたりは夜が更けるまで情熱のままに睦《むつ》み合ったのだった。


それから数日後。オリエッタはどうにも奇妙な事態に遭遇した。

その日は恒例の宮中舞踏会だった。宮廷では月に一度は舞踏会が開かれるのだが、今回は特に春の到来を祝う趣旨で、〈花の舞踏会〉と呼ばれ、参加者はできるだけ華やかな、派手派手しいくらいに鮮やかな色の衣装をまとうことになっている。

この日ばかりはクリストフも目が覚めるような鮮紅色の装束で、オリエッタはカナリアイエローのドレス。ティアナはローズピンクのドレスで、エスコート役のフローリアンの衣装はどぎついほどのピーコックグリーンだ。広間は目がチカチカするほどの色彩にあふれている。

まだ実際の花はクロッカスくらいしか咲いていないので、参加者は様々な造花を衣服ばかりか頭にまで飾っている。無数の造花をドレスに縫いつけている女性もたくさんいた。

賑々しく騒ぐことで、足踏みしている春を早く呼び寄せようという、昔からの伝統行事がもとになっているそうだ。

ダンスも集団で行なう賑やかなもの。輪になったり、列になったり、端の人同士でじゃんけんゲームをしたり。すごく楽しくて、オリエッタはすっかり夢中になってしまった。

いつもの舞踏会とは全然違って、格式張ったところがない。ふだん澄まし顔で気取っている貴婦人たちも、今夜は無礼講とばかりにはしゃいでいる。

ちょっと踊り疲れたので、オリエッタは婦人用の休憩室で一休みすることにした。

クリストフはどこだろうと見回すと、だいぶ離れたところで若い貴族の子弟たちに取り巻かれて談笑している姿が人込みのあいだからちらっと見えた。

（わざわざ席を外す報告をすることもないわね）

すでに勝手のわかっている宮殿だ。オリエッタは手に持った柄付きの羽扇（花とリボンで飾られている）で顔を半ば隠しながら休憩室へ向かった。

ちょうど休憩室から誰か出てきてぶつかりそうになる。

「あ、ごめんなさい——まぁっ、お妃様！　大変失礼いたしました！」

慌てて頭を下げたのは、以前何度か宮廷の集まりで顔を合わせたことのある貴婦人だった。

名前は確か——。

「エクハルト子爵夫人……？」

「はい！　ヒルデ・エクハルトにございます、お妃様」

　夫人は嬉しそうに顔を輝かせる。

（よかった、間違えなくて）

　ホッとしてオリエッタは微笑んだ。夫人は年の頃三十代半ば。子爵家は裕福だが先代に授爵したばかりで、まだ社交界では新参者扱いされている……と事情通の女官が言っていた。

　夫人はそれが悔しくてならず、なんとか一目置かれようと見栄《みえ》を張っているのだとか。今日の衣装もかなりの金をかけたようで、ドレスに飾られた造花も本物そっくりだ。

「素敵なお衣装ね」

「ありがとうございます！　お妃様に褒めていただけるなんて光栄ですわ！」

　夫人は顔を紅潮させて一礼した。その拍子に首元を飾る三連真珠のチョーカーから下がるガーネットがシャンデリアの灯でキラリと光った。

（あら……？　どこかで見たことのあるデザインね）

　以前会ったときに見たのだろうか。

　夫人は目ざとくオリエッタの視線に気付き、チョーカーを指先で押さえて瞳を輝かせた。

「これ、例のカ、カ、カタログに載っていたものですわ。お妃様のおかげでこのような素晴らしい逸品をお得に手に入れることができて、本当に感謝しております」

　眉をひそめると、夫人は慌てて左右を見回した。

「あ！　これは内緒なのでしたっけ。ご心配なく、誰にも言っておりません。ええ、姑《しゅうとめ》にさえ」

「……そう」

わけがわからなかったが、夫人の心得顔を見ると問い質すのもなんだか気が引けて、オリエッタは曖昧に頷いた。夫人はまだ何か言いたそうだったが、廊下の向こうから数人の笑いさざめく声が近づいてくることに気付くと、声をひそめて早口に囁いた。

「品物によっては上乗せもさせていただきますので、次はぜひ優先的に、わたくしにお声がけくださいませね！　はしゃいでうっかり口を滑らせてはいけませんので、これにてご無礼つかまつります、お妃様」

ぽかんとするオリエッタにうやうやしくお辞儀すると、夫人は急ぎ足で舞踏会場へ戻っていった。彼女とすれ違った貴婦人たちが、オリエッタに気付いて足早に近づいてくる。

「ご休憩ですか、お妃様。ご一緒させていただいても……？」

「ええ、もちろんよ」

気を取り直して微笑むと、オリエッタは皇妃の義務としてそつない社交に勤《いそ》しんだのだった。

エクハルト子爵夫人の意味不明の言動はその後の貴婦人たちとのお喋りで忘れてしまい、思い出したのは数日経ってからだった。

明日は早春の野原で遠乗りを楽しもうとクリストフに誘われ、衣装を選んでいたときのこと。

「せっかくだから何か春らしい趣のアクセサリーをお着けになっては？　ピンクのものとか」

侍女のヴァンダに言われ、オリエッタは頷いた。

「そうね。……確か、ローズトパーズを使ったブローチがあったわね？」

「花をかたどったものですね！　あれならぴったりですわ。宝物庫に収めてありますので、さっそく出してもらいましょう」

ヴァンダが持参財の目録を保管場所から出してきて、テーブルの上に広げる。

「ええと、何番だったかしら……」

なんの気なしにそれを見ていたオリエッタは、ふいに子爵夫人のチョーカーのことを思い出し、同時にハッと閃《ひらめ》いた。

「――――そうよ！　目録で見たんだわ！」

「えっ、何をですか⁉」

驚いたヴァンダが目を白黒させる。

「ちょっと見せて」

目録の冒頭、目次部分を真剣に指でたどるオリエッタの様子に、ヴァンダは興味を惹かれて見守った。しかし――。

「……ないわ。勘違いだったのかしら」

目次は材質別になっており、複数の宝石が使われている場合は最も多いものが該当する。子爵夫人のつけていたのはガーネットがあしらわれた三連真珠のチョーカーだから、真珠の項目にあるはずなのだが……。

オリエッタから話を聞いたヴァンダは、にわかに真剣な顔になって頷いた。

「それ、わたしも見覚えがあります。国王陛下から賜った結婚祝いのひとつですわ。でも、正直今のオリエッタ様にはちょっと仰々しすぎるかと……。お着けになられるのはもう少しお年を召してからでよいと思っていました」

「わたしも、しばらく使うつもりはなかったわ。ぴったりしたチョーカーはあまり好きではないし。……ヴァンダも見覚えがあるということは、わたしの勘違いじゃないのよね？」

「勘違いじゃありませんよ。宝物庫にしまうとき、目録と付き合わせて確認しましたもの」

「でも、載ってないのよ」

「おかしいですねぇ」

ヴァンダは目録をしげしげ眺め、真珠製品が並ぶあたりを何度もめくってふと呟いた。

「……あら？　なんだか変ね、ここ」

「どうしたの？」

ヴァンダは答えず、開いた目録のノドの部分に目を近づけてじーっと見つめた。

「やっぱり。切り取られてます、ページが」

「ええっ⁉」

急いで覗き込んで、オリエッタは愕然《がくぜん》とした。

「本当だわ……！」

ヴァンダの言うとおり巧みにページが切り取られている。ふつうにめくったのでは気付かないだろう。入念に調べると、ページが切り取られた箇所がいくつも見つかった。ページ両面に複数の品物が記載されており、合計すれば相当数の品物が目録から消えたことになる。

「でも……ページを切り取っても目次には載ってるはずよね？　見たところ欠番はないし、ノンブルも飛んでないわ」

「これは羊皮紙ですから、ナイフか軽石で削れば消せます。オレンジの果汁で拭いても消えますよ。ノンブルはそうやって書き直したんでしょう。目次はたぶん、ページごと差し替えたんでしょう。プロの装丁職人の仕事ですね、これは」

ヴァンダの断言にオリエッタは唖然とした。

「いったい誰がそんなこと……」

目録は鍵のかかるキャビネットにしまわれている。鍵はヴァンダが管理しており、他の貴重品の鍵と一緒にシャトレーヌ（腰に着ける鎖状の装身具）に下げて持ち歩いているので、こっそり持ち出すことは不可能だ。

「夜、寝てる間に誰かが鍵を持ち出したんでしょうか。寝るときは鍵束を枕の下に入れておくんですが、熟睡してて気付かなかったのかも……」

責任を感じて悄気《しょげ》るヴァンダにオリエッタはかぶりを振った。

「それで持ち出せたとしても、いつわたしが目録を見たがるかわからないわ。下手をすれば、すぐ翌日に紛失がバレてしまう。こんな細工にはかなりの手間がかかるはずよ。一晩でどうにかしようとしたら、それこそ何人もの職人を集めなければならないでしょうし……」

「そうですよね」

顔をしかめたヴァンダは、ハッと目を見開いた。

「待ってください！　この目録、数日間持ち出されていたことが確実にありますよ！」

「どういうこと？」

「覚えていらっしゃいませんか？　こちらへ嫁いで来られて間もなく、ホルト財務大臣と商人のナントカって人が目録を見たいと願い出たでしょう？」

思い出してオリエッタは頷いた。

「そうだわ、持参した宝飾品を警備の厳重な宝物庫に収蔵するって――」

御用商人のベルムが勉強のために自宅でじっくり見たいと言うから貸し出したのだった。

「確か……一週間くらいだったかしら？」

「そんなものですね。お礼にと、香水やら綺麗に染めた羊皮紙やらを添えて……」

ふたりは思わず顔を見合わせた。

羊皮紙。

ヴァンダがこめかみに青筋をたてて拳を握った。

「なんっってずうずうしい！　切り取ったページの代わりだとでも⁉」

「どうしよう、わたしあの羊皮紙で故郷に手紙を出しちゃった……！」

「紙に罪はありませんけど！　あんまりにも馬鹿にしてますっ。陛下に訴えて、即刻吊《つ》るしてもらいましょう！」

息巻く侍女にオリエッタは嘆息した。

「証拠はないわ。切り取られたページに載っていた宝飾品がどんなものだったのか、思い出せないし……。ヴァンダは覚えてる？」

「すみません、なにぶん数が多すぎて……」

豪商の養父と国王の実父が競い合うようにして持たせたものだから、上等な宝飾品が数えきれないくらいあるのだ。一財産どころの騒ぎではない。

ふとヴァンダは眉をひそめた。

「……そういえば、あの商人」

「確か、ベルム……よね？」

「そう、そうです。あいつ、お妃様のお気に入りやしょっちゅう使われるものがどれなのか、やたら気にしてました。いちいち出させる手間をかけさせないためとか言うから納得してしまいましたが……。あれ、なくなっててもわからないであろうものを選別してたんですね⁉」

「でも、そうやって『間引かれた』ものを、どうしてエクハルト子爵夫人が身につけていたのかしら。夫人がグルだとは思えない。まるでわたしが斡旋《あっせん》したみたいな言い方をして。——あ」

「どうしました？」

「カタログがどうのって言ってたのよ、あの人。『例のカタログ』に載ってて、わたしのおかげで安く手に入った、みたいなことを」

眉をひそめると、ヴァンダが昂奮して手を振り回した。

「そ、それ、切り取られたページに載ってた宝飾品じゃないですか⁉　書き写して値段をつけて、こっそりと貴婦人たちに見せたんですよ。お妃様の伝で、アネモスの最新の宝飾品が格安で手に入ります、とかなんとか言って……！」

「たぶん……そんなところね」

子爵夫人の言っていたことをできるだけ思い出してみる。

内緒でしたね、と夫人は言った。どこか誇らしげに。自分が選ばれて、特別に『カタログ』を見せてもらったのだと思い込んでいる様子だった。

おそらくベルムは大量の持参財の中から、皇妃があまり覚えていなさそうなものを選んで抜き取った。そのために確認作業にヴァンダを同席させたのだ。

母国から伴ってきた侍女の反応を、皇妃のお気に入りかどうかを見分ける手がかりにしたのだろう。

勉強のためと称して目録を持ち帰り、装丁職人に該当ページの切り取りや目次ページの差し替えをやらせた。ノンブルの打ち直しや目次の書き直しは書写に優れた者を使ったに違いない。

仕入れ費用がかかっていないので売値の全額が利益になる。相場より安く売ったのは、これが皇妃の特別な厚意で、秘密にしなければならないのだと買い手に思い込ませるためだろう。

子爵夫人の口ぶりからして、口止めされていたのは明らかだ。

「申し訳ありません！　わたしがもっと用心していれば……」

「ヴァンダのせいじゃないわ。宮殿に出入りする御用商人がそんな詐欺行為を働くなんて誰も思わないわよ」

懸命に慰めてもヴァンダの表情は晴れない。

「どうなさいますか、お妃様。その『カタログ』、見たのが子爵夫人だけとは思えませんし」

「ええ。かなりの貴婦人たちが見てると思うわ」

騒ぎ立てるのは簡単だが、盗品と知らずに買ってしまった貴婦人たちが気の毒である。

ベルムを連れてきた財務大臣ホルトが盗品売買に関わっているのかどうかもわからないし、関わっていたとしたら大問題だ。

「陛下にご相談なさいますよね？」

「もちろんそのつもりだけど……ちょうど偽造金貨の調査もなさっているのよね」

「ああ、それもありましたっけ」

ヴァンダは溜め息をつく。オリエッタは、うーんと首を傾げた。

「子爵夫人を呼んでひそかに話を聞く……とか？」

「あの人、お妃様に呼ばれたりしたら舞い上がって周囲に自慢しまくりそうですけど」

「そうよね……」

宮殿ではそこかしこに人の目がある。ふだん特に親しくもしていない子爵夫人を招けば、宮廷人士は何事かと興味を惹かれるだろう。どこからかその話がベルムに伝わるかもしれない。

「ベルムが自ら売り込みしてるとも思えませんしね。いくら舐めてるにしたって！」

ヴァンダはフンと荒っぽく鼻息をついた。利用されたことが腹立たしくてならないようだ。

「でも……なんらかの関係があることは明かしてるんじゃないかしら。だって、秘密のカタログ販売なんて怪しいじゃない？　いくら割安といってもモノがモノだけにそれなりの価格のはずよ？　安すぎたら偽物じゃないかって、かえって怪しまれるわ」

「そうですねぇ。お妃様の意向を受けた御用商人が限られた一部の方だけに秘密のご案内を……みたいな？　それだと特別感がくすぐられるし、他言無用というのも納得させやすいですね」

問題は、流出した宝飾品がオリエッタにもヴァンダにも同定できないことだ。

持参した宝飾品は数が多すぎるし、受け取ったときに一度見たきりのものもたくさんある。目録を見なければ正確なところはわからないのに、その目録が役に立たないとなれば、調べようがない。

「……目録から切り取ったページが見つかれば、動かぬ証拠なんだけど。他のページと比較すれば、様式や書体が同じはずだもの」

「書き写して処分してしまった可能性もありますね。用心して」

むしろその可能性のほうが高いと思う。

「お妃様、やっぱり陛下に相談なさるべきですよ。何かうまい手を考えてくださるのでは？」

頷いてオリエッタは侍女の勧めに従うことにした。


「ついに、貴女の耳にまで届いたか……」

慎重に言葉を選びながら懸念を伝えると、クリストフは厳粛な面持ちで頷いた。

「え……。知ってたんですか⁉」

「しばらく前から出所の怪しい宝飾品が貴族階級の間で出回っていると報告を受けて、ひそかに調べさせていた。非常に高品質で細工も見事だが、作った工房は不明。盗品らしいが、該当する盗難届は一件もない。……実はな。例の質屋なんだが」

「偽金貨が見つかったところですか？」

「ああ。あそこは帝都守備隊の出張所のひとつなんだ」

「えぇーっ⁉」

「内緒だぞ」

「わかってます」

こくこくとオリエッタは頷いた。今はだいぶ下火になったが、一時期盗品売買が横行し、その情報収集と調査のためだという。ただ、店主は一般人で、守備隊とは関係ない。守備隊員が店員として潜入しているのだ。そういう質屋がいくつかある。

「……ということは、また質草に？」

「ああ、金貨が見つかったのとは別の店だが」

今回は、妻の宝飾品を夫が勝手に持ち出して質草にしようとした。キュオンでは見かけないデザインだったので、どこで手に入れたのかとさりげなく尋ねると、妻が皇妃の斡旋でアネモスから個人輸入したものだという。

「わたし斡旋なんてしてませんよ⁉」

憤然と食ってかかるオリエッタを、クリストフは苦笑してなだめた。

「わかってる。だが、潜入していた隊員は、そうかもしれないと思った。仕方あるまい、そういう可能性も皆無ではないからな」

「それはそうですけど……」

「それに、私がアネモスとの交易を盛んにしようと考えていることはすでに知れ渡っている。その政策の一環かもしれない……と隊員は考えたわけだ」

もし本当に皇妃の斡旋で輸入されたものであるなら問題はない。守備隊としては盗品でないことがはっきりさせられればそれでいいのである。

「――で、それを確かめてほしいと守備隊を統括する内務大臣から要請があったわけだ。しかしそんな話は聞いたことがない。本当にオリエッタがそういう斡旋をしたなら、私に話すはず」

「斡旋なんてしてませんし、するなら事前に相談します！」

「だろう？　だからどうも怪しいと思ったんだ」

皇妃の名を騙《かた》り、密輸品を売買している可能性もある。もしもそうなら早急にルートを押さえなければ。

しかし、いくら調べさせてもそれらしい動きは見つからない。

どういうことかと首を傾げていたところに、オリエッタの話を聞いて合点がいった。

「密輸入品ではなく、盗品だった。それも、国の宝物庫から盗み出されたものとはな」

「でも、それを証明できません。何が盗まれたのか、わたしにもヴァンダにもわからなくて

「……。ごめんなさい」

「仕方がないさ。あれだけ豪勢に持たされてはな」

クリストフは苦笑して、消沈するオリエッタの頬を優しく撫でた。

頼みの綱の目録はすでに細工されている。子爵夫人が着けていた三連真珠のチョーカーは、本当にたまたま見覚えがあっただけだ。

「……もしかしたら、今までにも盗まれた宝飾品を身につけた貴婦人から挨拶を受けたことがあるかもしれません。社交辞令として、目についた宝飾品を褒めたことも何度かあるし……」

皇妃に褒められれば、宮廷人なら誰だって喜ぶものだ。

オリエッタは気付かなかったが、盗まれた――本人は皇妃のはからいで手に入れたと思っている――宝石を身につけた貴婦人は、単に褒められた以上に感激していたかもしれない。内心で見当違いの感謝までされていたかも……と考えるとどうにも居心地が悪くなってしまう。

「いざとなれば関係ありそうな奴らを片っ端から拷問するという手もあるが」

「だ、だめですよ！　無関係だったらどうするんですか⁉」

「冗談だ」

真顔で言われても信じがたいのですが！

「拷問で得られる自白の信憑性《しんぴょうせい》には大いに疑問がある。拷問部屋もあるにはあるが――」

「あるんですかっ⁉」

「ああ。なんなら見学するか？　久しく使っていないが手入れは怠らないようにしているから、ピカピカのギラギラで、いかにも痛そうだぞ。気の弱い奴なら拷問道具を一目見ただけでべらべら喋りだす。というか、もう一押しで白状しそうな奴を連れて行く場所だな、あそこは」

「とにかく拷問には反対です」

「わかった、しない」

きっぱり言われて安堵した。ちょっと不安は残るけど……。

「でも、どうしましょう。確たる証拠がなければ、白状しそうにないですし……。そもそもべルムって、そういうことしそうな人ですか？」

「うーん……。良く言えば機を見るに敏だが」

「悪く言えば？」

「がめつい」

またもきっぱりクリストフは断言した。身も蓋もない寸評《コメント》にオリエッタは顔を引き攣らせた。

「さらに言うなら欲の皮の突っ張った奴だ。しかし強欲だがしみったれではないので、賄賂もケチケチしない」

「贈収賄は禁止されてはいないのですか？」

「役人はもちろん禁止だが、そこが奴の抜け目ないところでな。目星をつけた役人が無下にはできない存在に巧みに取り入って、口利きを頼むのだ」

「賄賂はその人に贈るわけですね」

「単なる心付けとしてな。奴は父の代から宮廷内で急速に力をつけ、いつのまにやら財務大臣のホルトの腰巾着のようになっていた」

しかし、ホルトは陰気だが生真面目な人物と見做されていたし、出入り商人としてベルムは守備範囲も顔も広く、仕入れが確実だった。

品質のよいものを最短納期かつ適正価格で納入するため、使い勝手がよかったのだ。

「多少の役得くらいは大目に見てやるか……という雰囲気が父の代にすでにできあがっていて、私もそれを引き継いだ。本人も分をわきまえ、大きな問題は起こさなかった。……だが、どうやら甘くしすぎたようだ」

クリストフがニヤリと不敵な笑みを浮かべ、思わずぞくっとしてしまう。

「……どうなさるおつもりですか」

「奴の専横がついに度を越したらしく、他の商人たちから不満の声が上がっている。そろそろ御用商人を入れ替える時期かもしれないな。……ホルトも、思っていたほど実直一点張りというわけでもなさそうだ」

オリエッタは驚いて尋ねた。

「ホルト大臣もこの件に絡んでいると？」

陰気くさく、人好きのする性格とは言えないが、詐欺に加担するような人物とも思えない。

「積極的に関わらなくても、見て見ぬふりくらいはしているかもしれない。宝物蔵の管理は財務大臣の重要な職務のひとつだ。貴女の持参財を収蔵する際、監督のために立ち会っている」

オリエッタは収蔵品が自分の宮殿を出るときには立ち会ったが、宝物蔵に収納されるところまでは確認していない。

ヴァンダを始め皇后宮の使用人たちも同様だ。

「でも……警備がいますよね？　確か、宝物蔵の警備隊は財務大臣ではなく、内務大臣の管轄だと伺いましたけど」

「警備隊は宝物蔵の外を守っている。外部からの侵入を防ぐのが役目だ。賊が侵入したのが明らかな場合や、内部からの応援要請があった場合のみ、宝物蔵の中に入ることができる」

「では、宝物蔵内の警備は……」

「財務大臣ホルトの管轄だ。つまりベルムが貴女の持参財を持ち出すには、ホルトに積極的な助力を頼むか、少なくとも見ないふりをしてもらう必要がある」

ということは、完全にホルトが無関係ということはありえないわけだ。

オリエッタとクリストフは、しばし額を付き合わせて考え込んだ。

「どうしましょう……。できればあまりおおごとにしたくありません」

「承知の上で加担しているなら厳しく罰しなくてはならないが……詐欺に引っかかっただけの人々を混乱させるのは確かに気の毒だ」

「個別に事情を説明して、目立たない形で返還を求めることにしては……?」

クリストフは重々しく頷いた。

「それがいいだろう。まずはベルムの身柄を押さえたい。奴を呼び出して厳しく詮議するのは簡単なのだが……」

「あっというまに噂が広がって、宮廷が大混乱に陥りそうですよね」

「……なら、宮廷の外で取り押さえるしかないな」

「外──ですか?」

首を傾げるオリエッタに、クリストフはニヤッとした。こういう悪ぶった顔も大好きなので、ドキドキしてしまう。

「奴の家へ遊びに行こう。お忍びで、な」

第七章　夫婦＋αで事件解決！

「――陛下！　お妃様！　これはこれは、ようこそおいでくださいました！」

飛び出してきたベルムが揉み手をせんばかりに満面の笑みを浮かべる。

馬上からクリストフは頷いた。

「急に押しかけてすまない。妃の愛玩物《ペット》のパニャカがこちらへ迷い込んでしまってな」

「ただいま使用人を総動員して捜させておりますので、どうぞご安心を」

「ごめんなさいね、ベルムさん。ハルはとても臆病で……。散歩に連れ出したら、何かにひどく驚いたみたいで、急に駆け出してしまったの」

オリエッタが済まなそうに会釈をすると、御用商人は大仰に手を振り回した。

「とんでもないことでございます、お妃様！　すぐに見つかりますから――ああ、見つかったようです」

裏のほうから『こっちだ！』、『見つけたぞー！』と叫ぶ使用人たちの声が聞こえてくる。

「お願い、手荒なまねはしないでね」

「もちろんでございます。——よいか、けっしてハル様を傷つけたりしないよう細心の注意を払うのだぞ」

「はい、旦那様」

深々とお辞儀をした執事が、捕獲の監督をするため急いで走っていく。

「陛下、お妃様。こちらでどうぞ一休みなさってください」

「迷惑をかける」

「そんな！　拙宅に両陛下がお越しくださるとは、光栄でございます」

「瀟洒《しょうしゃ》な城館があると思ったら、ここがそのほうの別邸だったのだな」

感心したように言ってクリストフは馬を降り、オリエッタの下馬に手を貸した。

ふたりの馬を厩番《うまや》が引いていくと、ベルムはにこやかにふたりを館の中へ案内した。

ぺらぺらとお愛想を言いながら先に立つ商人の後ろで、クリストフとオリエッタは小さく頷きあった。

（まずは成功——ね）

内心で、よしっと拳を握る。

オリエッタの持参財が勝手に売りさばかれていることがわかった翌日、さっそくふたりはベルムの屋敷を訪れていた。

といっても本宅ではなく、郊外にある別邸だ。

ベルムの本宅兼商館は帝都の中心部、大通りに面した一等地にあるが、最近は木立に囲まれた静かな別邸のほうを好んで滞在している。

いざとなればすぐに本宅へ戻れるし、本宅よりもこちらのほうが宮廷に近い。

調べさせるとベルムはここ数日別邸に滞在していた。ちょうど遠乗りに出かけるつもりでいたクリストフは、これを好機と捉えて利用することにした。

あらかじめふたりの人物に、時間を指定してこの別邸へ来るように仕向けた上で、何か適当な理由をつけてベルムの別邸へ入り込む。

理由はなんでもいい。喉が渇いたとか急に腹が痛くなったとか……皇帝夫妻の訪問を断れる人物などいないから、そこは適当でよかった。

実際にはパニャカのハルが大いに活躍してくれた。

オリエッタが出かけることに気付いたハルが付いて行きたがって騒ぎ、何かの役に立つかもしれないとクリストフが言い出して、連れて行くことにしたのだ。

ベルムの別邸の近くまで来て、訪問の理由付けについて相談していると、何を思ったのか突然ハルが一直線に別邸へ向かって走り出したのだ。

これにはオリエッタも本気で焦った。

待ちなさーい！　と慌てて追いかけたが、パニャカは短距離であれば馬を上回る駿足の持ち主だ。あっというまに裏門から別邸の中へ走り込んでしまった。

馬を駆り立てていくと、瀟洒な鉄柵に囲まれた別邸の敷地内から混乱しきった人々の悲鳴と怒号が聞こえてきた。

『きゃあぁっ、変な動物が来たーっ』

『何これぇっ⁉』

『もこもこだわ！　羊の一種⁉』

『首、長っ』

『ぶつかるぶつかる！』

『避けろーっ』

などなど。ちょうど使用人たちが働いている区画に乱入したらしい。

護衛を従えたクリストフとオリエッタが駆けつけた時には、すでに別邸は大混乱に陥っていた。唖然として見ていると、騒ぎを聞きつけて飛び出してきた執事が皇帝夫妻に気付いた。

結果、さらに騒ぎは大きくなった。なんの前触れもなく皇帝夫妻がお越しになったのである。

執事の知らせで主人のベルムが飛んできて、ふたりにぺこぺこし、すぐに捕まえますのでご安心を！　と請け合った。

かくしてふたりはまったく疑われることなく、丁重に屋敷内へ招かれたのだった。

（ハル……大丈夫かしら）

心配ではあるが、これからの計画上、席を外すわけにもいかない。

まさか皇妃のペットに乱暴はしないだろう。

ベルムもそのように言いつけていたし……。

贅沢な応接間に案内され、暖炉に向いた、四人くらい座れそうな巨大な長椅子に並んで腰を下ろす。

お茶とケーキが運ばれてきて、オリエッタは気を取り直した。

クリストフは何食わぬ顔でベルムと世間話をしている。もちろん、目録がどうとか、それらしいことは一切口にしない。

あくまでたまたま通りがかって立ち寄った、という風情を装っている。オリエッタもそわそわする気分を懸命に抑え、あたりさわりのない社交会話に励む。

と、ノックもなくいきなり応接間の扉が開いた。

「なんなんだ、この騒ぎは？　案内がないから勝手に入ったぞ」

憮然とした声が背後から聞こえ、カップを傾けながらクリストフはニヤリとした。

横手の肘掛け椅子に座っていたベルムが、ぎょっとなって弾かれたように立ち上がる。

「こ、これはこれは……。なんのご用でしょう……？」

引き攣りぎみの愛想笑いを浮かべ、戸口の訪問者と澄まし顔の皇帝をちらちら窺う。

訪問者はムッとした様子で言い返した。

「ふざけるな。人を呼び出しておいてなんの用かだと？」

「呼び出してなどおりません！　い、今は接客中でして――」

そこでようやく訪問者は長椅子の背もたれから覗く男女ふたりの頭部に気付いた。

男が尊大な鼻息をつく音が聞こえる。

「待たせろ。私への説明が先であろうが」

ベルムが青ざめ、絶句する。

くすりとクリストフは笑ってカップをテーブルに置いた。

「私はかまわんぞ。別に用があって来たわけでもないしな」

「その声――。いや、まさかな……」

独りごちた男は、背もたれ越しに振り向いたクリストフの横顔を見て形容しがたい呻き声を上げた。

「へっ、陛下……!?」

「奇遇だな、ホルト」

財務大臣ホルトは蒼白《そうはく》になって慌てて跪いた。

「ご、ご無礼いたしました！　まさか陛下がいらっしゃるとは思わず……！」

「楽にせよ。私は偶然来あわせただけだ。妃と遠乗りをしていたら、連れてきたパニャカがこちらへ迷い込んでしまってな。捜してもらっているところなのだ」

「さようでございましたか……」

よろよろと立ち上がった大臣は、袖口でこめかみをぬぐい、口許を引き攣らせた。

どんよりと陰気くさい顔が、焦っているためかいつもよりだいぶ紅潮している。

「何か話があるのだろう？　突然押しかけたせいで邪魔してしまったようだ。すまなかったな。私たちはパニャカが捕まったら帰るから、遠慮なく打ち合わせでもなんでもするがよい」

「いえ！　そのようなわけには……っ」

「と、特に用があったわけではありませんので」

揃って顔を引き攣らせるふたりを、クリストフは怪訝そうに眺めた。

「先ほど呼び出されたと言っていたようだが？」

「な、何か行き違いがあったようでして……」

「勘違いでした！」

今度は揃ってガクガク頷くふたりを見やり、クリストフは意地悪げな笑みを口端に浮かべた。

「もしや、おおっぴらにできない悪巧みか何かか？」

「滅相もない！」

慌ててベルムは手を振り回し、ホルトもいつになく目を大きく見開いてしきりと頷いた。

「私の勘違いでございました、陛下。お騒がせして申し訳ありません」

「高官たる者、変に勘繰られるようなふるまいは慎むがよいぞ」

「まことにもって仰せのとおりでございます……っ」

「ささ、大臣、こちらへ……。お見送りしますゆえ」

気を取り直したベルムがいそいそと扉を開ける。

オリエッタはハラハラした。もうひとりの人物はまだかしら？　ホルトが帰ってしまったら
——いいえ、それは大丈夫。親衛隊が理由をつけて引き止める手筈になっている。

そこへ、甲高い女性の声が響いた。

「ああ、ベルムさん！　新しいカタログができたんですってね⁉　早く見せてちょうだい」

「し、子爵夫人⁉　な、なんであなたまで⁉」

エクハルト子爵夫人が憤然と声を荒らげた。

「なんでとはご挨拶ね。できたばかりの最新カタログで、特別に先行販売するってお知らせを
くれたのはあなたでしょう。わたくしもう待ちきれなくって、昨日からそわそわしっぱなし
よ」

「なななんのことですかっ⁉」

「……千客万来だな」

背後の騒ぎににんまりして、クリストフは悠然とカップを傾ける。オリエッタもホッとした。

どうやらうまくタイミングが合ったようだ。長椅子の背もたれ越しにそっと窺えば、混乱に乗
じてこっそり逃げようとするホルト大臣の袖を子爵夫人がむんずと掴んでいる。

「ホルト大臣！　あなたまさか、すでに全部買い占めてしまったとか言わないでしょうね⁉」

「はぁ⁉　なんのことやらさっぱり……」

「とぼけないでっ」

昂奮しきった子爵夫人は相手が高官であることをすっかり忘れているらしい。

襟首を掴んで揺さぶる勢いで問い詰められたホルトは、なだめようと四苦八苦しているが、もともと女性の扱いに長《た》けているとは言えないので完全に及び腰だ。

言い争ううち、夫人は応接間に誰かいることに気付いてますます猛り立った。

「まぁっ、他にもいるの⁉　ひどいわ、ベルムさん！　わたくしだけに特別にご案内するなんて言って、実は皆にそう言ってたのね⁉」

「だからなんのことやら――」

夫人はベルムを押し退《の》けると、憤然と長椅子の前に躍り出た。

「あなた！　どこのどなたか存じませんけど、優先権はこのわたくしに――」

「ごきげんよう、エクハルト子爵夫人」

ティーカップを片手にオリエッタはにっこり微笑んだ。

夫人は飛び出しそうに目を見開いた。

「お、お、お、お妃様……っ⁉　こ、皇帝陛下までっ……！」

夫人は慌てて跪き、深々と頭を垂れた。クリストフはちらっと横目で夫人を見やり、無言で頷く。オリエッタは青ざめる夫人に親しげに微笑みかけた。

「楽になさって。さぁ、どうぞそこへ」

示された肘掛け椅子に子爵夫人はおずおずと腰を下ろした。

気圧されたように皇帝夫妻を交互に見ていた夫人は、急にハッと目を輝かせると身を乗り出した。

「ああっ、そういうことだったんですね!? ごめんなさい、ベルムさん。本当に特別なご案内でしたのね」

「はっ……!?」

わけがわからない様子でベルムがぽかんとする。

夫人はウキウキとして得意げに続けた。

「お妃様ばかりか皇帝陛下までお立ち会いの上で、新しいカタログを見せていただけるなんて光栄ですわ! お妃様自らが生まれ故郷であるアネモスの宝飾品の素晴らしさを説明してくださる……という趣向なのでしょう? もう、驚きましたわ〜」

「ちょっ……子爵夫人!」

慌ててベルムが遮ろうとしたが、根っから饒舌《じょうぜつ》な子爵夫人は一度喋り出したらもう止まらなかった。

「嬉しゅうございますわ、お妃様! 〈花の舞踏会〉でわたくしがお願いしたこと、覚えていてくださったのですね! そればかりか御自らこちらまでお忍びされて」

「ええ、陛下と遠乗りに来ましたの」

オリエッタは夫人の言うことを肯定も否定もせず、単に事実のみを述べた。『お忍び』と『遠乗り』は紛れもない事実である。

夫人は心得顔で頷き、感激の溜め息をついた。

「お心遣い、感謝いたします。お妃様にお勧めいただいたものは予算の許す限り購入させていただきますわ」

「カタログ……」

曖昧にオリエッタが呟くと、夫人は大きく頷いた。

「そうですわ。ベルムさん、早くカタログを持ってきてちょうだい」

「い、いや、その、それは……」

「何をぐずぐずしているの？　両陛下をお待たせするなんて無礼ですわよ」

「――ホルト」

突然クリストフが声を上げ、忍び足で抜け出そうとしていたホルト大臣は、ぎくりと身体を硬直させた。

「は、はい、陛下……」

「せっかくだ、そのほうも『カタログ』とやらを見ていくがいい。――なんだか知らないが、珍しいものらしいぞ」

皮肉を含んだ声に、夫人が怪訝そうに首を傾げる。

オリエッタは内心のドキドキを抑えながら、できるだけ無邪気な調子で尋ねた。

「なんのカタログですの？」

しん、と応接間が静まり返る。

気を取り直した子爵夫人が引き攣った笑い声を上げた。

「い、いやですわ、お妃様。お妃様が御自ら斡旋の労をとってくださった、アネモス直輸入の宝飾品カタログに決まってるではありませんか。このたび新しいカタログが完成したとベルムさんから連絡が――」

名指しされたベルムは蒼白になって後ずさりし、硬直して突っ立っていたホルト大臣にぶつかってよろけた。

オリエッタはさも驚いたという風情で目を見開いた。

「斡旋ですって？　わたしが？」

「そんなことをしていたのか……」

「陛下。わたしは宝飾品の斡旋などしておりません」

きっぱり言うと、ぽかんとした夫人は、やっと自らの早合点に気付いて青ざめた。

「で……でも、わたくし、そのように伺いましたのよ……？　先の舞踏会で着けていたチョーカーも、カタログに載っていたもので……」

「ああ、あれね。そうそう、どこかで見たことあるなと思ったのよ」

「ですから、カタログで……」

「いいえ。思い出したわ、あれはわたしの持参財のひとつです。わたしの父であるアネモス国王からの結婚の贈り物よ」

「持参財なら宝物蔵にあるはずだな」

「そ、そうですとも」

あるわけがないことを思い出したか、ベルムは胸を張って言い返した。

「恐れながら、お妃様の勘違いでございましょう。本当に持参財であるならば目録に記載されているはずです！　ご確認くださいませ」

「お妃様の……持参財……？　輸入品じゃないの？」

青ざめた子爵夫人はぶつぶつと独りごちている。

やっぱり知らなかったのね……と気の毒に思いながらオリエッタはあえて腹立たしげな口調で言った。

「アネモスとの交易再開は、陛下の重要な政策のひとつなのですよ。それを横から出し抜くようなまねを、妃であるわたしがすると思って？」

子爵夫人は椅子から転げ落ちるような勢いで跪いた。

「申し訳ございません！　知らぬこととは申せ、お妃様の大切な財産を、か、勝手に……！

どうかお許しくださいませ！」

足元に跪いてドレスの裾を押しいただきながら泣き崩れる夫人の姿に、オリエッタはおろおろとクリストフを窺った。

彼はおもむろに立ち上がり、部屋の入り口でホルト大臣と折り重なるような恰好で硬直しているベルムを冷ややかに見据えた。

「ふたりとも観念するのだな。持参財目録が細工されていることはすでにわかっているのだ。ベルム、貴様は不埒にも皇后の持参財目録からかなりの宝飾品を間引いた。数が多すぎて皇后も侍女もすべての持参財を記憶していないことにつけ込み、なくなっても気付かれないだろうものを選んで目録から該当ページを切り取り、目次やノンブルを書き換えて誤魔化《ごまか》したのだ。しかし一ページに複数の品物が記載されていたため、特徴的なものも混ざってしまった。エクハルト子爵夫人が購入した三連真珠のチョーカーは、皇后も侍女も記憶していたのだよ。父王からの結婚祝いであり、いずれは使うつもりだった」

子爵夫人は反射的に首もとに手を当てた。

もちろん今はそこに三連真珠のチョーカーはないが、夫人は死人のような顔色になってだらだらと脂汗を流した。

オリエッタは見ていられなくなってクリストフに訴えた。

「陛下、夫人はとても気分が悪そうです。もう帰してあげましょう」

「いいだろう。――エクハルト子爵夫人。退出を許すが、後ほど改めて聞き取り調査を行なう」

「ありがとう……ございます……。けっして逃げ隠れは……いたしません……」

クリストフは廊下に控えていた親衛隊員を呼び、夫人を家まで送っていくよう命じた。

夫人が隊員に支えられて部屋を出ようとした瞬間。いきなりベルムが彼女を力任せに突き飛ばした。

親衛隊員は、夫人に倒れかかられて咄嗟に動けない。

さらに唖然としているホルトをも突き飛ばしたものだから、三人はもつれあって床に倒れた。

ベルムは全速力で廊下を逃げていった。

親衛隊員はやっとのことで子爵夫人とホルトを押し退け、毒づきながら後を追いかける。

「往生際の悪い」

チッとクリストフが舌打ちをする。

オリエッタは倒れた夫人を急いで助け起こそうとしたが、夫人は突っ伏したままおいおいと泣きだしてしまった。

懸命になだめていると、床に座り込んで放心していたホルト大臣が、いきなり目の色を変えてオリエッタに掴みかかった。

「この……っ、強欲女ぁっ！　うなるほど宝石を持ってるくせに、ひとつやふたつなくなったくらいで騒ぎ立ておって……！」

首を掴まれ、締め上げられる。

次の瞬間、ホルトは宙を飛んで壁に激突していた。頭を下に、白目を剥いてずるずると床に落ちる男を冷たく睨み、手を払いながらクリストフは荒っぽく鼻息をついた。

「ひとつやふたつのわけないだろうが。——大丈夫か？」

一転して心配そうに彼はオリエッタの顔を覗き込む。我に返ってオリエッタは頷いた。

「だ、大丈夫です」

「見せろ。——痕はついてないか」

「ほんの一瞬でしたから……」

ホッとしたクリストフは、何事かと部屋を覗き込んでいる召使に、夫人を別室に連れていって落ち着かせるよう命じた。

泣きじゃくる夫人が連れられていくと、入れ違いにフローリアンが顔を出した。

「陛下。ベルムの奴を捕まえました」

何故だか笑いを噛《か》み殺しているような表情だ。

彼について屋敷の外に出ると、裏門近くに人が集まっている。近づいていったオリエッタは目を丸くした。

「——ハル⁉」

地面に突っ伏したベルムの上に、パニャカが澄まし顔で座り込んでいる。

「た……助けて……」

息も絶え絶えに男が呻いた。

親衛隊員にベルムが引っ立てられていくと、オリエッタはパニャカのふわふわもこもこの首に抱きついた。

「お手柄ね、ハル。ごほうびにリンゴをあげるわ」

キュウウ、とパニャカが嬉しそうに鳴く。

「偉いぞ」

とクリストフが撫でようとすると、ハルは歯を剥きだして威嚇した。クリストフは苦笑してオリエッタの肩を抱いた。

「やれやれ。こいつとはどうにもうまが合いそうにないな」

芝居がかった溜め息に笑い、オリエッタは彼の頬に優しく唇を押し当てたのだった。


その後、ベルムの別邸及び本宅に大規模な調査が入り、切り取られた目録のページや盗まれた持参財が見つかった。

目録から書き写されて作られたカタログも発見された。

ベルムは皇妃の特別な計らいという触れ込みで、そのカタログを上流階級の得意先に密かに見せて回っていた。

特別なルートで輸入したものとして相場よりいくらか割り引いた価格で売っていたのだ。限られたごく少数の人だけに……ともちかけられた人々は、自尊感情をくすぐられ、他言無用、皇妃へのお礼も申し上げてはいけないと言われても不審に思わなかった。

贖《あがな》った宝飾品を身につけ、皇妃に拝謁することでお礼代わりのつもりでいた。

オリエッタは全然気付かなかったが、人々は皇妃の視線や微笑を勝手に都合よく解釈し、秘密を共有しているという満足感を抱いたのだ。

購入者はひとりひとりさりげなく呼び出されて事実を告げられ、盗まれた宝飾品はすべて返還された。

彼らが払った代金は、ベルムの財産から正確に払い戻された。

また、ベルムは宮廷に納入する物品の価格操作をしていたことが調査で明らかになった。

彼は真っ正直な商人を演じていたが、実際には不当に高い価格が標準設定されており、実際の価格との差は大きく、かなりの不当利益を懐に入れていた。

ベルムは財産をすべて没収され、帝都から追放された。

一方のホルト大臣は、屋敷を調べたところ、黄金に埋もれた地下室が見つかった。

壁と柱はすべて金塊で作られ、天井は金箔《きんぱく》張り。純金のベッドやテーブルが置かれ、家具にも金箔を張り付けたキンキラキンの部屋で、彼は寝起きしていた。

ホルトは病的な黄金マニアだったのである。

彼は黄金を愛していた。黄金だけを。

宝石には関心がなく、凝った細工などはむしろ邪魔。積み上げた金の延べ棒をうっとり眺めたり、頬擦《ほおず》りすることに無類の喜びを感じていた。

黄金を溜め込むことが生きがいだったので生活はごく質素だった。

むしろドケチだった。節約した金《カネ》でせっせと金《きん》を買い、家族を養う費用など払いたくないという理由で結婚しなかった。

同様の理由で雇い人も少なかった。昔からの雇い人は皆高給をもらっていたので、主人の病的嗜好《しこう》については固く口を閉ざしていた。

ベルムはホルトの黄金への異様な執着を見抜き、金塊を安く融通してやることでさまざまな目溢《めこぼ》しを得ていたのだ。

ご成婚記念金貨の偽造は、ホルトの仕業だった。彼は原料の金塊を見ると欲しくてたまらなくなり、一部の金の含有量を減らして誤魔化した。

皇帝に献上するぶんは抜かりなく規定どおりの量を使った。

数の限られた記念品なので市場に出回ることはないだろうと高を括り、質草にしようとする人間がいるとは思いもしなかった。

彼には質屋で金を借りるという考えがなかった。金《きん》を質草にして金《カネ》を借りるなど想像もつかなかったのだ。

ホルト大臣は免職となり、金塊はすべて国庫に没収された。

家名は特別に許されて縁者が継ぎ、ホルトは親戚の世話で地方に引きこもった。唯一手元に残されたごく小さな金塊を日がな一日ぼんやり撫でているそうだ。

盗まれた宝飾品はすべて宝物蔵に戻り、持参財の目録も修復された。

併せて収蔵の手続きや管理形態も変更され、ようやく宮廷に平穏が戻った。

そして、気がつけば——。

キュオン帝国に、晴れやかな夏が訪れていた。

終章　and they all lived happily ever after

「いよいよ明日ね……！」

心地よい潮風を頬に受けながら、オリエッタは声を弾ませた。

東大陸に初上陸した港町。十カ月ぶりの再訪だ。以前来たときは初秋。今回は夏の始まりで、キラキラした活気あふれる雰囲気がずっと強い。

港を見下ろす高台にある迎賓館に、オリエッタはクリストフと一緒に数日前から滞在していた。明日、アネモスからの正式な交易船が、何十年かぶりに入港する予定なのだ。

養父ニコラから届いた手紙でそれを知り、ぜひ港で出迎えたいとクリストフにせがんだ。

親善使節を兼ねているので一行は帝都を訪問することになっているが、とても待ちきれない。

クリストフは快諾し、政務の都合をつけて同行してくれた。

皇帝自ら出迎えなくても……と渋る重臣もいたが、どちらにしても友好国からの船を歓迎する式典を行なうことになっている。

長らく国交の途絶えていた二国間で、初めて行き来する船だ。

皇帝夫妻が揃って出迎え、和平と友好を望む姿勢を明示したい。かの国から迎えた皇妃が大切にされていることがよく伝わるだろう、というクリストフの意向に反対意見は出なかった。

日程に余裕を持って帝都を出発し、船の到着前に港町の風情を楽しんだ。西大陸からの船に加えて皇帝夫妻も来訪し、街はお祭りムード一色だ。

公式の視察の他、お忍びで夜の街歩きもした。屋台や大衆酒場で庶民の味も大いに満喫した。

明日はいよいよ船が着く。十カ月ぶりの家族との再会だ。

西の海に沈む夕日をクリストフと一緒に眺めた。日の長い時季なので、夕暮れといっても時刻はすでに夜だ。オレンジと薄紫の美しい残照の空を見つめてオリエッタは溜め息をついた。

「ああ、早くお父様たちに会いたいわ……」

今回船に乗ってくるのは養父のニコラと跡取りである長兄のディーノだ。残念ながら母マリーナと次兄のマヌエレは留守番。ニコラからの手紙には、ふたりの手紙も同封されていて、読みながら思わず噴き出したり、目頭が熱くなったりした。

呟きを耳にして、窓辺に並んでいたクリストフが背後に回ってオリエッタを抱きしめた。

「そんなせつなそうに溜め息などつかれては、どうも妬《や》けてしまうな」

「家族よ？」

「血のつながりはない。養父はともかく、その息子たちは貴女のことを妹以上に想っていたかもしれないではないか。いや、きっとそうに違いない」

「何言ってるの。もう、やきもちやきなんだから……」

呆れてオリエッタは彼を見上げた。

クリストフはオリエッタの額にキスして、さわさわと胸の辺りを愛撫し始める。

「貴女に近づく男は誰であろうと気に食わない。たとえ獣であっても、だ」

冗談とは思えない口調にオリエッタは苦笑した。最近とみにハルが突っかかってくるものだから、ご機嫌斜めなのだ。丸刈りにしてやると息巻いたのも一度や二度ではない。

「……わたしが好きなのはクリスだけよ。知ってるでしょ？」

「知ってる。でも、何度でも知りたくなるのだ」

誘惑の声音で囁いて、彼はオリエッタのうなじにくちづけた。首筋を唇でたどりながら胸元に手を差し入れ、直に乳房をやわやわと揉みしだく。

「んっ……」

慣れ親しんだ感触に、ぞくりと快感が頭をもたげる。オフショルダーだったので、少し強引にドレスを引っ張られただけで、ふるんと乳房が露出してしまった。

「やっ……！　ダメ、見られちゃう」

「誰に？　前は海で、船も出ていない。カモメももう巣に戻っただろう」

耳元で囁き、尖った乳首をきゅっと摘まれて反射的に顎を反らしてしまう。逞しい胸板にもたれかかり、オリエッタはとろんとした声音で呟いた。

「ダメよ。昨夜だって……さんざん……」

「昨夜は昨夜だ」

無造作に言って、彼はドレスをめくり、下着を引き下ろした。

「ひンッ」

やわらかな茂みを掻き分け、長い指が秘処にもぐり込む。

つるりと指が滑る感覚に、オリエッタはかぁっと赤くなった。

「……ダメだと? こんなに濡らしておいて」

「ち、違うの……っ」

「何が違う」

「違わないけど……違うのっ……」

我ながらわけがわからないと思いつつ、期待していたと認めるのが照れくさくてかぶりを振る。くっくと上機嫌に喉を鳴らし、クリストフは秘裂を掻き回した。

「すっかりとろとろではないか」

「うぅ……」

長い指で摘まんで扱かれると、小さな花芽はたちまち充血してぷっくりとふくらんだ。付け根を指先で擦り、蜜をまぶすように転がされて、たまらない心地よさに腰が揺れてしまう。

「ん、んっ」

くちゅくちゅと蜜をかき混ぜられる音の淫りがましさに、頬が熱くなる。まるでわざと聞かせようとしているみたい。

「あ……はぁっ……、だ、だめ……っ」

「ふふ。意地っ張りなお妃を素直にしてさしあげよう」

鷹揚に嗤いたかと思うと、すっかり濡れた指が蜜口を探り当て、ずぷぷっと入り込んだ。

「あぅっ」

「一息に二本、付け根まで入ってしまったぞ。……ほら」

ぐぐっと掌を押しつけ、隘路の中でバラバラに指を動かされる。

オリエッタは肩をすぼめ、びくびくと身体を揺らした。

「やぁっ、ダメそれっ……！」

「……確かこの辺が好きだったな」

背後で呟いたクリストフが、容赦なく弱点を責め始める。

とりわけ感じる場所を執拗に撫で擦《さす》られ、オリエッタは涙を散らして喘いだ。

「ひぁっ、あっ、あっ、あんんっ」

く、っと唇を噛み、深くうつむいて襲いかかる快感に耐える。

びくびくと花筒が戦慄き、深く挿入された指を食い締めた。

「好き、だろう？」

「ん……」

濡れた目元にチュッとキスされて、オリエッタは弱々しく頷いた。

ずるりと指が抜け出ていく。下腹部がせつなく震え、窓枠をぎゅっと掴んでそれに耐えようとした。前かがみになれば必然的に臀部《でんぶ》が後ろに突き出てしまう。

無意識の媚態《びたい》でお尻をくねらせると、腰を掴んでぐいと引かれ、窓辺に倒れ伏すような格好になった。ばさりとドレスの裾を撥ね上げられ、剥き出しのお尻がひやりとした。すでに下着は膝まで引き下ろされ、脚の自由を奪う一因になっていた。

背後で性急に衣服をくつろげる音がしたかと思うと、怒張しきった熱杭が未だ痙攣している蜜口に押し当てられた。張り出した雁が媚肉を割り広げ、奥処まで一気に貫かれる。

ずぅんと重だるい衝撃が下腹部を突き上げ、目の前がチカチカした。

「ひ……ぅ……」

「……なんと淫らな花びらだ」

熱い吐息まじりに囁き、クリストフは猛然と腰を前後させ始めた。

ずん、ずん、ずんっ、と剛直が打ちつけられ、奥処に当たるたび視界に火花が散る。

「ひっ、あっ、あっ、あんっ、んんっ」

乱れた嬌声が唾液で濡れた唇からこぼれる。

「貴女の蜜は媚薬《びやく》のようだ……オリエ……」

　憑かれたように囁きながら、激しく腰を打ちつける。上気した肌がぶつかりあい、淫らな水音と抽挿音が響いた。

（あ、あ……奥処が……熱い……っ）

　オリエッタは快感に翻弄され、淫蕩《いんとう》な喘ぎ声を上げながら無我夢中で腰を振りたくった。

　一突きごとに雄茎が怒張していくのをまざまざと感じ、淫らな期待に唇を舐めてしまう。

「あっ、あっ、クリ、ス……っ、いい……っ、すご……いぃッ……！」

「……快楽に溺れる貴女は、このうえなく愛らしい」

　獣欲をにじませる彼の声音に、ますます昂《たかぶ》ってしまう。

　子宮口を突き上げられるたび、熱い飛沫が奥処から噴き出して固い太棹の先端を淫らに濡らしてゆく。クリストフが低く唸り、抽挿の勢いが増した。追い詰められたオリエッタはそのまま絶頂へと駆け上った。

　恍惚に放心していると身体を裏返され、今度は正面からずっぷりと貫かれた。

「ひぁあっ……」

「……ますます感じやすくなったな」

　ぐりぐりと奥処を抉りながら満足そうにクリストフが呟く。オリエッタは喘ぎながらぎゅっと彼にしがみついた。

「気持ちぃ……の……」

未だ痙攣の収まらない粘膜を突き上げられると、快感のあまり頭が真っ白になってしまう。

密着した腰をぐっと押しつけ、クリストフはオリエッタの唇を荒々しくふさいだ。

「ん……ん……」

ぴちゃぴちゃと舌を鳴らして互いの口腔を貪りあう。

その間もたえまなく小刻みに突き上げられ、下腹部にわだかまる熱が高まっていく。

「あ、あ、クリスっ……またっ……」

「いいぞ。何度でも達するがいい」

甘い誘惑の囁きにぞくぞくと背筋が戦慄く。

オリエッタは彼の腰に脚を絡め、恍惚に浸った。

「……っ」

低く官能的な吐息に煽られ、銜え込んだ太棹をぎゅうっと締めつけてしまう。

クリストフは心地よさそうに呻いた。

「そう締めるな。出てしまうぞ」

「ちょうだい……っ」

無我夢中でねだると、優しく髪を撫でられた。

「欲しいか?」

「ん、ん」

しがみついてこくこく頷く。

「いっぱい出して……っ」

「欲張りなお妃だ。昨夜もたっぷり注いでやっただろう?」

「もっと欲しいのっ」

卑猥《ひわい》なことを口走るのは愛する男を喜ばせるためなのか、本音なのか。もはや自分にもわからない。

羞恥と昂奮に瞳を潤ませるオリエッタを、クリストフは心底愛おしそうに見つめた。

「かわいいオリエ。貴女にせがまれては断れない」

全身で彼にしがみついて身体を揺らし、さらなる絶頂へと駆け上がる。

「あっ、あっ、あっ、あんっ、ひぁあっ」

「くっ……。オリエ、出すぞ……!」

解き放たれた情欲がびゅくびゅくと蜜壺を満たし、オリエッタは恍惚に放心した。

固く抱き合ったまま、ふたりはしばらく息を切らしていた。吐精したにもかかわらず、蠕動する柔肉に包まれた屹立は未だ芯を残している。

ゆっくりとクリストフが腰を揺らし始め、今度は甘いくちづけと淫靡な睦言を交わしながら愉悦に耽った。

ようやく互いに満たされたときには、すっかり夜の帳が降りた空に無数の星が瞬いていた。

「――見えたわ！　ほら、あれよ！」

帆を下ろした交易船がしずしずと港に入ってくる。

甲板で手を振っている人の姿が次第にはっきりしてきた。

自分の名を呼ぶ、懐かしい声。

「お父様！　お兄様ーっ」

歓声を上げ、手を振り回したオリエッタは、船から降り立った懐かしい家族に飛びついた。

その姿にちょっぴりジェラシーをにじませつつ、クリストフは幸せいっぱいの微笑を浮かべたのだった。

あとがき

このたびは『コワ×モテ皇帝陛下と華麗なる政略結婚のススメ！　一目⇕惚れは蜜愛の始まり』をお読みくださり、まことにありがとうございました。

今回は年の差&体格差バカップル。はてさてお楽しみいただけましたでしょうか。

実はお互い一目惚れだった……というシチュエーションはこれまでにも書いてきましたが（というか、大体そのパターンですが・笑）、最初から完全に出来上がっているカップルを書いたのは初めてのような気がします。

即行両思いなので恋が成就するまでのジレジレもだもだはありません。ふたりの仲を引き裂くような障害も特になし。これで嫁入りした後どうすりゃいいの⁉　とプロット段階でだいぶ悩みました。

普通、ロマンスというのは恋愛成就が目的なんですが、今回は出会い頭に一目惚れで達成しちゃってますからね〜。

しかし、考えてみれば結婚後の人生のほうが当然長いわけでして。夫婦の共同作業でやっていかねばならないことはいろいろありますよね。

よく結婚をゴールインって言いますけど、本当はスタート地点なんですね。手に手を取って短距離走でゴールしたら、今度は二人三脚マラソンが始まる……みたいな？

というわけで、今回は結婚前後で少し趣《おもむき》が異なるお話となっています。それぞれ方向性の違うエピソードを楽しんでいただければさいわいです。

本作にはパニャカという架空《かくう》のモフモフ動物が出てきます。これはアルパカとビクーニャを足して二で割った命名で、大体リャマだと思っていただければよろしいかと。アルパカとリャマの見分け方は、横から見てお尻が丸っこいのがアルパカで、角張ってるのがリャマです。どうでもいい豆知識。

あ、そういえば蜜猫文庫様ではずいぶんお久し振りでした。偶然ですが、前回の『冷血公爵の溺愛花嫁　姫君は愛に惑う』に続いて今回もC・i・e・l先生に美しい挿絵を頂戴できました。嬉しいです！　ありがとうございます！　まさかパニャカを描いてもらえるとは思いませんでした。感激～！

それでは、またいつかどこかでお会いできることを願いつつ。ありがとうございました。

小出みき

ヤンデレ魔法使いは
魔女は愛弟子の熱い口づけでとける
石像の乙女しか愛せない
クレイン
Illustration ウエハラ蜂
まずは体から籠絡したいので、やはり
気持ち良くなっていただかないと
国家魔術師のララは弟子であるアリステアを守るためドラゴンに立ち向かい、死を避けるため魔法で石像になってしまった。二十年後、無事に目覚めた彼女は、傲岸だったアリステアが自分より年上で皆に慕われる領主となっているのを見て驚愕する。ララに再会して感激しながらも猛然と求愛を始めるアリステア。「あなたはもう私のものです。絶対に逃しはしませんよ」愛弟子の二十年越しの執着と情愛を浴びて息も絶え絶えのララは!?

Mitsuneko Label

蜜猫文庫をお買い上げいただきありがとうございます。
この作品を読んでのご意見・ご感想をお聞かせください。
あて先は下記の通りです。

〒102-0072　東京都千代田区飯田橋 2-7-3
(株)竹書房　蜜猫文庫編集部
小出みき先生 /Ciel 先生

コワ×モテ皇帝陛下と華麗なる政略結婚のススメ!
一目⇔惚れは蜜愛の始まり

2021 年 3 月 1 日　初版第 1 刷発行

著　者　小出みき　

発行者　後藤明信

発行所　株式会社竹書房
〒102-0072 東京都千代田区飯田橋 2-7-3
電話　03(3264)1576(代表)
03(3234)6245(編集部)

デザイン　antenna

印刷所　中央精版印刷株式会社

Printed in JAPAN
ISBN978-4-8019-2556-4　C0193
この作品はフィクションです。実在の人物・団体・事件などには関係ありません。